對照細說

許榮輝 著

目錄

感情篇

心靈篇

序

1、

一切藝術創作，包括文學創作，大概都是為了追求真善美。

生活裏的真善美需要提鍊，就像黃金從礦石提鍊出來。需要技巧、熱誠、堅忍不拔的韌力。

最瑣碎的事物，最低微的人物，都蘊含着豐富的真善美。

叫人感悟到愈多真善美的藝術作品，就愈閃耀。

像台灣作家黃春明的中短篇小說；七等生的《沙河悲歌》；意大利作家卡爾維諾的《馬可瓦多》；阿爾巴爾亞作家伊斯梅爾·卡達萊的《三孔橋》、《破碎的四月》。

很多很多，那麼精緻，那麼扣人心弦。都是嘔心瀝血作品。

2、

通過對照，更能襯托出真善美。

對照，是觀察生活的一種。

〈板間房情緣〉寫的是尋常，但也可以說是特殊生活環境下催生的很奇妙的愛情，絕不轟轟烈烈，卻刻骨銘心得足以維繫一生一世；〈前門與後門〉寫了一個騙子的行騙經歷，襯托出一個生果小販自力更生的強烈意志、待人的熱誠和善意。這種真善美足以為失意者提供足夠溫暖，鼓起勇氣面對嚴峻的日子；〈尊與卑〉透過長板凳的擬人化，來說明它雖然過着最低微的日子，但它做的都是奉獻的事，它應該是最尊貴才對；〈毋忘我〉寫的是毋忘我這種花，喜歡過着淡泊的生活，不必爭紅鬥豔，都有自己的思想境界。〈真人與雕像〉寫了一對男女花農守望相助的真愛；〈妻子的手〉探討甚麼才是真正的美；〈索求與給予〉以特殊的方式，讚美施的美德。其他篇章，探討各種真善美。

3、

寫這部短篇小說的最大心願很簡單：要是愈來愈多人願意去感悟生活的真善美，這個世界一定會變得更美麗。

生命篇

板間房情緣

他們的愛情是相戀而成，還是命中注定？一如父母之命，媒妁之言？

1、

「上個世紀五十年代中葉開始的那一段我們成長的日子，是我們的一個異常特別的年代。」

「那麼一個困頓的年代，還有甚麼是值得眷戀的呢？你可能會這樣問。」

「但是，很肯定，沒有那個舊相片一般古樸的時代，就沒有了我們那個很有特色的時代了。」

李芳紅總是以夢幻一般的口吻這般說。她說的是她的愛情故事。

她說，沒有她童年時那樣的居住環境，就造就不了她維持了一生一世的婚姻。

「有時，不幸，也可以造就幸運。不知道內情的人，聽了我這番話，別說不理解，還以為我瘋了。」

無論說了多少遍，李芳紅都會以這樣的口吻，說她的愛情故事。

那個年代，當然是個很經典的困頓的年代。整個香港社會是如此貧窮而且普遍，居住劏房是司空見慣的社會現象。那個年代，不叫劏房，更加普遍叫法是板間房。按照李芳紅的個人理解，稱為「板間房」，那是因為，把一個偌大單位，間格成很多個房間，大多是用木板間隔而成的。

即便這些房間已很低級，也要分等級。

總有一、二間是臨街的，有大片玻璃窗，有四幅泥牆圍住的房間，算是最高級了。當房東需要招租時，會在招租紙上寫道：「有光猛梗房出租」，指的就是這樣的房間。

本來應該用作客廳的地方，就會間格成一個又一個小房間。間格這些小房間，就動不了那麼大工程，只用木板間格。

住在光猛梗房的頭房租客，在共用廚房擺放火水爐，是否有特權，可以安置在一個較大較好的位置，是個值得掌故學家去探究的有趣問題。

在這些板間房裏，當然有很多辛酸故事，也會有很多溫馨故事，尤其令人驚喜的是，即便在這樣的陰暗角落，還可以生長出燦爛且不可思議的愛情之花。

李芳紅母女當年相依為命，居住的正是這類板間房。板間房所處的位置，在李芳紅愛情故事裏，起着重要的作用。沒有這樣的位置，也就不會有李芳紅其後那段奇妙的感情發展了。

母女居住的板間房約五十呎，與廚房和廁所為鄰，是環境最差的一間了。凡是位於這個位置的板間房，必然不會有窗口，小房間首當其衝的，是來自廚房的油煙、廁所發出的異味和時不時傳來的沖廁嘈雜聲。

然而，她們母女是住得最長久的房客。居住環境的惡劣早已不是問題，因為居住得久了，早已習慣，包括嗅覺、視覺和感覺的遲鈍，時刻惦念的倒是租金，付不付得起？這是困頓時期窮等人家的主要煩惱。

在這個居住單位的多個板間房中，它的租金確實最廉宜。

2、

李芳紅十歲那年，一個少年進入了她的生活圈子。

新來的房客就在她們母女板間房的隔鄰，那也是個約莫五十來呎的房間，不比李芳紅母女的房間好到哪裏去。

新搬進來住的兩個人，是母子關係。

那個少年的母親的年紀，跟李芳紅母親的年紀相仿。少年跟李芳紅的年紀，看來也相仿。

無論是母子或母女，看來都是單親家庭，兩個小家庭看來就有很多相似之處。是不是這就意味着，上天給了他們幾近相同的命運，就作了有意安排，最終讓他們居住在一板之隔的地方？

自此以後，兩家人居住了很多年，好像是除了這兩個房間，他們就再也找不到更適宜的房間住了。

而且讓人看上去，兩家人都好像在等待着甚麼，由於必須等待，就必須守護在他們各自的房間裏。

唯一可以確定的是，母親們都在等待着孩子的成長。要把他們拉扯大，可不是件容易的事，一無所長的母親能掙得了多少錢呢？日子就必然過得拮据了。未來面對的是很多不穩定性，因而就得有耐心，很多事情都得容忍，不動聲息地守在一個小小的地方。

無論怎麼說，最艱難的日子都算是過去了。

女孩子比較敏感，也許也比較成熟，已經懂得幫媽媽做些家務了。

那男孩還不會，為人木訥。

李芳紅第一次見到少年，是在中午放學回家的時候。原本空置的，一直在招租的隔鄰板間房，已新按了一張床。

床沿坐着一個少年，木呆呆的。床沿就在房門口，不必探頭探腦，一眼就看到了。

昏暗裏靜止不動的身影，給了人沉鬱的感覺。

李芳紅對這位少年的第一個感覺，後來的事實證實了竟然是這麼精準。

這位少年，真的跟他的名字一模一樣。他叫天順，天生就很溫順。姓嚴，好像是嚴父或嚴母養成了他這副樣子。當然不是，他的個性真的天生就是這樣。也許他的父母為他取了這個名字，也含了一層意思，上天保佑，讓他一生過得順順利利。父母祈求「上天應允你一生過得順順利利」。

那時的窮等人家還能怎樣？終日在忙碌，稍為緩一口氣來的時候，立即想到的就是祈求上天。

幾天之後，李芳紅才算看清楚了嚴天順的樣貌。

後來，當他們結成了夫婦，一切都不再是秘密，她計算得出他的年紀，當年他正是十二歲。十二歲在她的記憶裏就變成了很特別的年紀。十二歲之前，他到底是怎樣的一個人，一片空白。十二歲之後的他，倒是一點一滴，都沒有逃過她的雙眼。

對十二歲之前這個少年毫無了解，就只能憑着他的外貌的一點一滴，來了解。

十二歲就已相當高大的身材，叫她畢生難忘。十二歲的高大，足以把她所有的視野都遮擋住，以至她所能看到的，也只有他。這樣的感覺一直支配着她的一生，把她的一生都填得滿滿的。

如果沒有這麼一個少年突然闖進自己生活裏，她也是會靠着「父母之命，媒妁之言」，跟另一個陌生男子結合了吧，那又會是怎樣的感覺，怎樣的人生呢？

除了他的身高給了她難忘的記憶，就是他黧黑的膚色了，就像他在十二歲之前都是在陽光底下的山野曬着。然後，突然就跑進了昏暗而又狹窄的小房間裏。突然的轉變，叫他整個人感到不安，變得木呆呆的。

這個想法也真不錯，他確實是剛剛從陽光充沛的農村來的。

然而，這種黧黑在李芳紅的感覺裏，卻像是一道閃耀的光束，一下子閃進了她的心裏，產生愉悅的感覺。

這種黧黑代表了健康。是濃縮的陽光。

看上去像頭小牛犢，比別人都要來得健壯，為人卻又很靦腆，醞釀出很特別的氣質。李芳紅看得出，這位少年一見到生人總是束手無措。

李芳紅在暗處，把這個新來者看得一清二楚。

這種性格的人，無論他長得有多高大，都是會很敏感的。

這個敏感少年看都不敢看她。在這樣狹窄的地方，總會有碰面的時候，而他總會很慌張的閃避。

像一頭馴鹿要逃離被獵殺的範圍。

這倒引起了李芳紅特別的注意。

李芳紅對嚴天順的一切注意，當然是不動聲息的。

因為是不動聲息，觀察到的，就特別容易進入內心，成了終身的記憶。

3、

少年開始在陌生的都市，過起他的日子，日子平淡得比白開水還要平淡。

那時候，窮家孩子過的日子，某些方面是很相似的。

譬如，大人固然白天要返工，設若晚上不必加班，有了點空閒，也會拿些外發的手工在家裏做。

做外發手工，除了可以幫補家計外，大人其實也有另外的盤算：讓孩子多做手工，手腳就會勤快。窮家孩子總是要早點出去謀生，勤快正是打工人仔的基本條件。

一個人勤快，就較少討人嫌。在那個時代，這是為人父母的，操的一份很叫人哀傷的苦心。

當其他具有優越條件的孩子，在這樣黃金般的日子裏，練的是腦袋，努力去掌握知識，窮家孩子練的是手腳，為的是日後的生計。

這很符合當時的社會狀況。市場需要大量的廉價勞工，當然，培育少數精英也必要。

4、

在這樣平淡的日子裏，如果不是發生了一件事，秉性都敏感而靦腆的李芳紅和嚴天順，大概在他們二十來歲的適婚年齡，婚姻都會按着他們母親的安排，然後，各自走上人生道路，把這段一起生活過的日子忘得一清二光。

因為他們之間連交談一句話的膽量都沒有，這樣，日後他們各自結婚生子，偶然在路上相遇，似曾相識，也許也會客客氣氣地招呼一聲。好奇地張望一下，觀察對方可能會有的滄桑。頂多如此而已。

近在咫尺的兩個互相愛慕的人，因為他們在傳統生活環境所培養出來的性格，要建立聯繫，有時反倒像是隔了千山萬水。

其實發生在他們生活裏的那點變化，是很小很小的。

一般來說，可以說是微不足道。

一天，李芳紅發現，嚴天順住的小小房間變了樣子，那是因為房裏原有的那張床不見了，改而新擺放了一張碌架床。有了這張新的、高而大的睡床，原本就相當狹窄的房間，一下子就像被填得半點空間都沒有了。

房裏還添了個新住客。

天順就搬到了碌架床的上格。

李芳紅第一次看到的新女房客，看似是個性格開朗的人，喜氣洋洋，笑容可掬，這是比較少見的，樣貌比起其他師奶都要顯得年輕。

但她的年輕，是要跟其他因日捱夜捱而顯得很憔悴的母親們比較，才會顯示出來的。新女房客還有一份母親們所沒有的氣質，或許因為她略通文字，整個人就顯得優雅得多。她的身段也顯得頗為圓潤，卻不是臃腫。最難得的是，她有種罕見的親和力。她的到來，一下子把一向偏於沉鬱的氣氛，搞得活躍了起來。

就像在一個黑沉沉的夜晚，突然多了一支蠟燭，雖然發出的光線也很微弱，卻足以讓周圍都一下子光亮了起來，都變得有點不同。

總之，她的一舉一動，都非比尋常。

這位似會閃亮的女子所不知道的是，她的到來，讓嚴天順和李芳紅的關係，出現了微妙的變化，影響了他們的一生一世。

當然，這樣的變化，除了李芳紅和嚴天順，是不會有其他人覺察到的。

沒有人覺察，就允許他們有個從容的發展期，而這個發展期既是這麼長，讓他們有充分時間醞釀，必定會開花結果，水到渠成。

僅僅是一張很尋常的碌架床，憑誰也不會聯想到其他甚麼，但對天順來說，卻是產生了很奇妙的作用。

十二歲的天順爬上碌架床的上格鋪，就像從山腳登上了山頂，他突然感到世界大得多了，視野也寬闊得多了。

沒有天順的經歷，難於窺探到他此刻的心情。

在還沒有這張碌架床之前，他是跟母親擠着睡在一張狹窄的單人床上的。晚上，母親用呼吸和體溫溫暖着他，日間，則感到一面牆壁和三面木板包圍着他。這樣的環境，倒使初來乍到的他，有種安全感。

但這種在陰暗的小小角落裏產生的安全感，很快變成了侷促感。因為在他這個年齡，無論在心理上或生理上，都在迅速成長。

爬上了上格鋪，天順驟然發現自己擁有了一片新天地，是獨立的。空間依然是狹窄的，依然是在小小的房間裏，感覺上卻從未如此廣大，簡直是可以飛翔了。

這是在被極度束縛之後，突然得到解放而感到自由自在的一種感覺。從下格搬上了上格，差異不是小得毫不惹人注意嗎？他感覺到的變化卻可以這樣巨大。

不過，真正叫他難忘的，卻是一種有生以來第一次遇上暈厥的感覺。這很像一個人登上了峰頂，突然一道光閃了過來。抬頭一望，暈黃的旭日正冉冉升起。無比柔和的光線照了過來，不但不強烈，而且溫柔極了，那是人世間最美妙的仙境。

一個人能為一件很美好的事而暈厥，那是世間最美妙的事了，一生人也未必可以遇上一次。

一個人能輕易就登上仙境嗎？

為甚麼會有這樣的暈厥感？天順在他的上格鋪，看到了當時十歲大的李芳紅。李芳紅是正冉冉升起的旭日，無比柔和的光線就是她的眼神。

這是天順在完全沒有心理準備的情形下，真真正正第一次，正眼看了小紅。正是因為突如其來，也許是驚愕得發呆了，才會在那凝住的一刻，定睛望着她，真的遠遠超出了自己的膽量。

就是在那一刻，李芳紅定格在他的腦海裏。在婚後的日子裏，彼此間少不免會有點爭吵的時候，如果及時地憶起李芳紅在他腦海裏的這個定格，他會覺得自己很好笑，原就是那麼美好，已擁有了，還不滿意嗎？

天順於是就會跟着想，要是心裏有不舒服的感覺，都是生活艱難惹來的，要是有跟妻子爭吵的力氣，何不讓大家多點喘息的空間。

天順就會極力調整自己的心情，這樣的情緒急轉彎不容易，但是又想到，再也不能無謂地互相傷害了，就努力讓自己裝出個笑臉來，平息小風波。

定格在他腦海裏的李芳紅是怎樣的呢?天順當然記得很清楚。天順攀上碌架床，李芳紅大概是聽到了一點動靜，昂起頭來。

天順其實只看到李芳紅的一對眼睛。在陰暗的小房間裏，李芳紅的整個面孔是模糊的，只有她的雙眼是亮晶晶的。

看到的果真是亮晶晶的嗎?也許也不過是心理上的感覺。平日不敢望她，只是一直感覺到李芳紅的眼睛一定是很明亮的，就像陽光一樣的熾烈，所以永遠不敢直視。一旦突然看到了，不假思索就認定，就是這樣。但亮晶晶的明眸裏，透着童真、溫柔，不會傷害人。

從此，這就是兩個人共同珍藏的秘密。這個秘密隨着他們的成長愈來愈大，裏面的內容愈來愈豐富，他們就共同分擔了一份既有絲絲甜蜜，又有幾許興奮、喜悅的緊張。

這樣的情懷就特別容易儲存在記憶裏。

這裏必須解釋一下，當時的板間房，用木板間隔，並不是間隔到天花板。因而，坐在碌架床的上格鋪，高於木板間隔，可以望到鄰房的一部分。

5、

像李芳紅和嚴天順這等底層社會人家，日子理所應當不會過得寬裕，不過，很多日子倒是過得熱熱鬧鬧，在他們正在成長的那些歲月。

單位裏的母親們，以她們日常的生活，提前為這對少男少女，上了人生最重要的幾課。內容都很豐富，有關命運的、愛情的、諸事不如意的、小小快樂的……不是像老師那樣在課堂正正經經授課，而是以她們實際的遭遇，向他們展示了人生路上會有怎樣的風風雨雨。

母親們雖是身分低微，然而她們實實際際應付生活困境的方法和態度，嚴天順和李芳紅縱使未能即時領會，日後也受用無窮。不是嗎?當李芳紅和嚴天順在那些日子，目睹這些女人所遇上的困窘和無奈，在以後的日子，都一一無可避免要親身體驗到，終於懂得為她們歎息，也為她們的堅強和堅忍感到敬佩。可以這樣說，他們日後面對生活困境所需要的勇氣，有一部分就是來自母親們的啟示，由此所取得的勇氣，有的時候真是大得難以想像。

因為預先見到了人生困境，所以自己遇上了，有了心理準備，沒有那麼驚慌。

母親們不必上班的時候，通常在假日或是晚上，都會圍坐在廳裏的一張大枱，做着外發的手工。

平時忙忙碌碌的，這樣的時候正是她們交誼的最好機會。一邊做着外發手工，一邊閒談家常。

天順房裏來的新房客呂玉萍，以她的親和力，為母親們的生活帶來改變，不再那麼沉悶，她所起的關鍵作用，甚至有點不可思議。

只有熟悉內情的人，才會理解，沉重的宿命意識，無時無刻壓迫着這些不幸女人，她們是時常落落寡歡的。呂玉萍來了之後，似乎多少改變了這種狀況，她似乎有本事讓她們開竅：人生是如此漫長，也不能等全部的煩惱和不如意的事都消失了，日子才可以過得快樂些。寬下心來，當下的日子也可以過得好。

李芳紅不止一次想，以當時的環境，能有這樣的見識，在這群母親當中，是很難得的了。沒有這樣的見識，即便抬頭向前望，看到的也不過是黑暗一片。

凡事都需要有個人帶個頭的，這個頭常常由呂玉萍來帶。玉萍為母親們帶來了當時最為流行的盒式錄音帶。錄音帶裏的傳統戲劇唱段，大大豐富了她們的生活。都是令人傷感的愛情故事，常常又是以分離作為主題。通常，這些才子佳人的愛情故事，不會有甚麼大團圓的美好結果。

在咿咿呀呀的曲調哀怨的唱腔裏，歌者唱到傷心處，母親們聽到傷心處，會落入一片沉寂。她們一般都不擅於表達自己的情感，或者不敢公開表達，現在藉着曲藝來抒發她們深藏在心底的情感，就好像找到一片新天地了。

古早時有情人「陳三五娘」，他們的邂逅和後來的遭遇，多麼叫人揪心。這也反映了她們的心境。

李芳紅和嚴天順坐在女子堆中，要說不感染到那種特殊的氣氛，那是難以相信的。但是他們感染得最深的不是那份哀怨，畢竟他們還年少，而且沒有經歷過分離的滋味。但是朦朦朧朧的愛情感覺，卻開始萌芽。

李芳紅和嚴天順幫手做着手工。手工是輕便的，因而可以騰出很多心思來做其他事情。甚麼事情呢？當然不是手裏做的那些，而是腦子裏想的那些，愛情的朦朧意識已經抬頭，已懂得在心裏千回百轉。

李芳紅和嚴天順通常坐在彼此的對面，整整隔了一張大枱。廳裏人與人之間的距離，算是他們最遠的了。

只有這樣的距離，才會叫他們感到自在，安心。最遠，才可以最親近。

因為，只有在這樣的距離，互相凝望才最安全，因為不會引人注目和疑心。

在這樣的場合互相凝望，也最自然。

這些個性沉鬱的女子，也逐漸開朗了。

有時，女子堆中誰開了一個甚麼笑話，引得哄堂大笑，李芳紅和嚴天順不一定知道有何可笑，卻也趁機笑了起來，這時望向對方是最自然不過的事。也可以盡情地笑，露出自己最嬌美，最開心，最俊朗的一面，讓對方看到。而且這樣的時候，望向對方，不論怎樣大膽都可以。

在這樣的時候，全身神經的束縛都放鬆了。

李芳紅和嚴天順無時無刻在捕捉着這樣的機會。有時他們會想，如果自己也可以制造笑料，那多好呀！

有時，他們就有點像在捉迷藏。

嚴天順剛剛抬起頭來，卻發現李芳紅剛好低下頭去。他看到李芳紅害臊得整張臉在瞬間漲紅了起來，她一定是在想，一個女孩子偷看男孩子，而且被對方發現了，多羞呀！

有一次，甚至真的被大人們發現了。最靠近李芳紅的一個女人問：「阿紅，你怎麼臉這麼紅，是發燒了嗎？」還伸手要去摸摸她的額頭，驚動了李芳紅母親，不停地問她甚麼地方不舒服。李芳紅真的無地自容，可以回答說她的心有問題，既是很快樂又很難為情嗎？然後她的眼尾掃到，眾人都很緊張，嚴天順卻裂開嘴在笑着，真可恨！有一段時間，李芳紅再也不敢抬起頭來。

有時，兩人卻同時抬起頭來，就像兩道電極碰在一起，碰撞出來的衝擊力，足以把他們彈出一萬八千哩。他們都迅即低下了頭。

互相凝望，也是個千辛萬苦的過程。

但他們再也缺少不了這樣的凝望，給他們帶來的心靈慰藉。

陰暗的小廳裏，沒有陽光，看不到有甚麼水份，空氣不清新，但愛情萌芽在滋生着。在這樣的環境下也能萌芽，那就甚麼都不必擔心了。只要有種滿心喜悅的感覺，就很好了。人總有在惡劣環境下設法活下去的本領。讓一絲陽光照進心裏，對這兩個孩子很重要。愛的萌芽就是那線陽光。

6、

在他們的成長過程中，嚴天順和李芳紅之間，製造了一個天大卻又甜蜜無比的秘密。

如果這個秘密讓別人知道，整個天空是會塌下來的。因為他們的生活環境是如此傳統、保守。

因為有了這個兩小無猜的秘密，兩人才有了更知心的親近感覺。

這是只有他們才能找得到的親近方式，也只有他們身處的那樣環境，才能造就他們這樣的機會。他們的親近方式是那麼含蓄，可又可以造成那樣的刻骨銘心。就僅僅這一點，他們竟然感到，他們能身處於這樣的惡劣生活環境，不是不幸，而是幸運，因為只有這樣他們才能享受到別人無法得到的甜蜜。

那是無意中發現的。

把嚴天順跟李芳紅兩個小小房間隔開的，只是一塊木板。木板到底有多厚，誰都沒有去深究。只是，輕輕地把身體靠了上去，就會有種搖晃的感覺，只不過，搖晃太輕微了，只有有心去察覺的人，才會察覺到這樣的搖晃。

也許，到頭來也只不過是種心理上的錯覺，純是心的搖晃，並不是木板真的在搖晃。

那是一天午後，天順放學後不久，吃過了母親早晨就為他準備好的午飯，想略為休息一下，就在下格鋪，往間隔木板一靠。

感到背部一靠到木板上，有點重量。是有人同時也靠在板間房木板的另一邊。感覺太奇妙了，好像連體溫都可以感受到了。

如果說，怦然心跳是怎樣的一種感覺，嚴天順算是首次嚐到了。

在木板另一邊的，除了是李芳紅，還會是誰呢？她母親上班去了。

對方身體的每一次即便是輕輕的轉動，他都可以感受到，親近得就像是背靠着背，而他的每一次轉動，她也同樣可以感覺得到的吧？

從種種反應，一定是這樣。

這個發現，對他來說是個巨大驚喜，只有透過這種方式，他才敢跟她接觸。

並不算是早熟，兩個人都還處於懵懂年紀，卻好像已認定對方是自己的終身伴侶了。這樣的意識由模糊發展到清晰，好像不必用一句愛慕話來認定，好像一切都該如此。其實，要叫他們怎麼表達這種愛慕之情呢？

在廳裏，彼此撞見了，都已經緊張得不得了，因此，真的是半句話都沒有溝通，始終只是沉默無言。然而在彼此的心湖裏，卻已經都有了一種即使是要等到天荒地老，海枯石爛，也要等下去的感覺。

無論是李芳紅還是嚴天順，從小時候開始，都已清楚知道，他們之所以都過着恍如單親家庭的日子，是因為父母被千山萬水阻隔着。這種無論過了多少年，也都存在的阻隔，成了他們生活圈子裏的例常事，多少母親就這樣認命地過着日子。在李芳紅和嚴天順的小小心靈裏，也就覺得他們之間被薄薄的木板阻隔，也就是必然，正常了。是他們的父母遺傳給他們的命運。

因此，無論是李芳紅還是嚴天順，都滿足於他們之間那種隱蔽的聯繫方式。他們感到，一塊薄薄的木板，也相當於千山萬水了。但這樣的千山萬水，卻又是可以這般親近的。這比父母輩幸福得多了。

而且，這是誰都享受不到的浪漫情懷。最叫人怦然心跳的，就是那麼輕輕一靠，他或她就在自己身邊的感覺。

其實每一次要靠到木板上去，都是很羞澀的。要是面對面，拖拖手，親密地擁抱，那倒是很容易就做到的事。可是，無論是李芳紅還是嚴天順，要往木板上那麼輕輕一靠，是需要勇氣的，因這樣一靠，是寄託着萬千情意的。

每一次，都是嚴天順在採取主動，由他來提起勇氣，是責無旁貸的。他先用手往那木板摸去，就像木板上有個扶手，抓住了，整個身體就有了依附的力量。

等待，就從身體貼到木板上的一刻開始。就像寄出了一封信，不是一封普通的信，是一封情書，然後等待着回音。

這樣的等待又是另一種滋味。她不就是近在咫尺嗎？即使他輕輕地叫喚一聲，她都會聽見。但他現在等待的，不是這個，是她的心。只要是她的身體靠了過來，就是她的心貼了過來了。

常常，他吃過了午飯，把碗碟拿到廚房清洗，從她的房門口經過，匆匆的，在這匆匆裏拿眼尾往她的房門內一掃，知道她就在房裏。

從廚房回到房間的時候，他的腳步就放得特別緩慢了，幾乎是寸步難行。緩慢，卻又要讓腳步發出足以讓她聽得到的聲響來。讓她知道自己又返回房間了。像是做戲似的，心理太緊張了。他知道她也作好了準備。

如何在他步過她的房門時，那驚鴻一現的瞬間，她也剛好抬起頭來，讓期待已久的兩對眼睛相遇？

這是太折磨人，又是太美妙的事了。

但每一次都成功。李芳紅圓圓的眼睛已在等待着他，她的眼神等待着他去接住。回到自己的房間後，他小心翼翼地把身體貼到木板上去，然後又是一次等待。

情人之間，沒有等待的感覺，就不會有愛情的驚喜。

小情人之間也不例外。

當她身體也貼到木板上的時候，那真的是有種地震的感覺呀！

為甚麼這麼瑣碎的事，竟會產生那麼一種驚天動地的感覺？

只是，錯過了少年的年紀，那樣的感覺，就再也不會回來了。

真的，像是涉過了千山萬水，只要把背靠上去，就像到了彼岸，再也沒有遺憾。那樣的一段蒼白，很夢幻的歲月，就只有這樣的一種感覺，像八月的陽光一樣熾熱。

像八月的月光一般溫柔而美滿。

這其實也成了他們的一種樂趣，愈來愈成了他們生活的支撐力。要說生活應該要有個期盼，這個秘密就是他們的期盼了。

藉此推動着情感的發展，兩人似乎都慢慢地生了不可思議的特異能力，可以透視阻隔着他們之間的木板，一下子就能判斷出木板的那個位置有了重量，只要靠了上去，他就可以找到她，反過來，她也就可以找到他。甚至覺得，彼此的體溫帶來的心理上和生理上的溫暖，還有比這更美好的嗎？

而且他們都好像被鐵釘釘在木板上了，再也不能分開了，要分開，那就等於是一次錐心之痛的撕裂。千言萬語，都在每一次他們身體貼在木板上，因心情激動而出現的微微的顫動中，得以完美表達。

7、

日子真的是過得很困頓，但要說愁雲慘霧總是驅之不去，那當然不是。李芳紅的記憶裏有很多熱鬧快樂的日子。別說農曆新年這樣的大日子了，一年裏也有像中秋節、端午節這樣的佳節。窮等人家不會每逢佳節，就到酒樓食肆慶祝。至少在那個年代不是這樣。一點一滴的快樂都是自製的。

喜慶節日來臨，平日總要日忙夜忙的母親們，不必上班了，卻都一大早就忙開了。母親們一起合作，搞了個大食會，做了平日因費工夫而難得吃到的食物：包糭，包餃子，做了很富有家鄉風味的潤餅，還煲了很美味的雜菜湯。這是這一群日捱夜捱的女子難得的盛宴。

一個處於見風就長的少年的胃口，在這樣喜慶的日子裏，真的誰都比不上。

李芳紅會悄無聲色地注意着天順的一切。並不是真的刻意的，而是，一個人只要心掛着另一個人，目光都要不由自主地投向他。

天順又吃又喝，肚子脹了，活像打了氣，鼓脹起的圓皮球。天順摸着肚皮，露出了愜意的笑。窮家的孩子，像這樣放縱一下的機會實在太少了。李芳紅想起少女時期這一切，仍對天順生出了一種近乎母性的憐憫感覺。所以，結為夫婦後，即使在最艱難的日子，李芳紅也會時不時弄一頓好吃的，讓天順放縱一下。

就是這樣一種哀樂人生，從小時候開始，就這樣過了。

8、

幾年之間，就這樣維持着互相親近的方式，會有人相信嗎？然而就是這樣，李芳紅和嚴天順似近還遠的、愈陷愈深的、卻始終都有那麼一種羞澀的互相凝望中，時間也在無聲無息中流走。彼此都還沒有正面向對方說過一言半語，別說是甚麼情話了，但都早已把自己的一切，寄託在對方的身上了。

兩個人同時成長起來了。李芳紅十六，七歲了，出落得亭亭玉立，有種含苞待放的青澀。她已到製衣廠做事，會車衣。就像這個年紀的少女，因為不是嬌生慣養，做慣了活兒，一舉一動都很利索，整個人也成了一道引人注目的美麗風景。

十八、九歲的天順也沒有唸書了。他的確生得高頭大馬，建築地盤正需要大量勞工，他也就加入了這個行列。正當年輕力壯，超強的勞動並沒有為他帶來太大的負荷。他每次放工，還能輕鬆地吹口哨，哼着歌。

這應該是他們兩個家庭生活裏最寬裕的一段日子。以前是純為可憐的母親的負累，現在反過來可以掙錢回家了，這其間的差別實在太大了。不過窮等人家都知道，這樣輕鬆的日子只會是短暫的，因為展望未來，當兩口子結婚，生兒育女，要是又兼逢經濟不景，不幸失業，貧窮日子必然重臨。

生活改善了，一起生活了很多年的人家卻沒有想過要搬家，改善一下生活。也許因為他們早已習慣了這樣的日子，也許是因為捨不得長期相處所積累起來的那份情意。

當然，能夠有信得過的熟人在身邊，可以互相傾訴心事，也是個重要原因。

李芳紅和嚴天順彼此的凝望，也不再像以往那麼畏縮，畢竟成長了，心智成熟了，為他們帶來了勇氣和自信。

甚至可以說，已不再克制，雙眼都閃出了愛的火光，是為了在昏暗的房間裏，讓對方看清楚自己雙眼裏的焦慮、關愛、思念等等的情緒。是為了表示愛比金堅。

天順從上格鋪望下來，李芳紅也微微昂起頭來，望上去，跟對方眼神接觸，就更加刻意。這樣的濃情蜜意，是他們的滋養品，每天都可以品嚐到。

當然也有牽掛的時候，那就是他們需要加班，不能及時回家的時候。

而到了某個時候，母親們議論得最多的話題，不再是她們生活裏的種種艱辛和不如意，終於輪到了子女嫁娶的話題了。一接觸到這樣的話題，母親們語調裏的焦慮就驟增了，成了她們最大心事。

有女兒要出嫁的人家，最希望男方有個自置的單位。此外，女婿做生意的當然最好，至於打工的，最好有份穩定而體面的工作。

這是理想的想法，正常人家都會有這樣的想法。不過，要找到這樣的好婚姻，不容易。

要求不敢提得那麼高，通常都退而求其次。退到最後，就是屈從於現實情況了。

嚴天順和李芳紅的婚姻問題也開始被提出來了。

特別是李芳紅，愈早找到婆家，作為她的母親，就可以愈早把心放下來。

二十來歲出頭，如鮮花一般的大好年華，並沒有因為沒有太多讀書機會而萎縮，反而以另一種姿勢盛開着。製衣廠不像正規學校那麼整潔，也沒有老師一針一線的教導。恰恰相反，製衣廠混亂而繁忙，一針一線，通常都是要在幹了無數勞累的雜活才學得到。這樣的事實向李芳紅揭示了一個殘酷的事實，必須拚命，才能稍為自己掙得一點立錐之地。

青春在握，甚麼都敢面對。

那時，嚴天順和李芳紅對於前景確實是滿懷憧憬的。

李芳紅對未來的全部憧憬，全支在一個基點上。她也一直都相信，這樣的基點很穩固，即使是行雷閃電，十級地震，也都摧毀不了。

她跟天順，一定有個非常好的未來。

有天晚上，李芳紅早點放工，母親看準了機會，提出她的婚事來。

母親一開腔，早就感觸萬千，老淚縱橫，說她已經年老了。她唯一不放心的事，就是女兒的婚姻了。李芳紅哪裏不會知道，這是會讓母親們寢食不安的大事。李芳紅真想告訴母親，這你別擔心，我已為自己找到了終生伴侶，然而，怎麼說得出口呢？再怎樣都只能默默地聽着母親的話。心裏想，這樣的大事，終於必須面對了。

那一晚，母親對她說，已經約定了星期日跟男方在酒樓見面。

母親去廚房的時候，李芳紅抬起頭來。坐在上格鋪的天順也正在凝視着她。天順已經甚麼都聽到了吧！

過了約五分鐘時間，天順趁着一個空檔，向她拋來了一個紙團，她拆開一看，上面寫着：「半個小時後，我們在樓下見。」

這是他們之間的第一次對話，無聲的，那麼簡單的一句話，盛載了他們的命運。像這樣的情況，以後世代的戀人，大概都無法想像，也無法明白。

一對戀人，心靈最貼近是甚麼時候呢？不一定是最快樂的時候，是有心事的時候才更有可能。

因為有了心事，才會很渴望把整個心靈，泊到對方心靈的碼頭，緊緊相依。

這成了李芳紅和嚴天順關係突破的契機。因為如果再不拿出勇氣，以後就更加不知如何面對了，如果此刻把掌握自己命運的機會放棄了，要面對的，又會怎樣呢？

李芳紅記得，很多年前那個晚上八點鐘的街頭，車輛和行人都沒有現在那麼多。她一下樓，就看見天順遠遠地站在街頭。她走了過去，他也小跑了過來。他一聲不響，就拉着她的手，往附近的公園跑去。

李芳紅後來一直想着私奔這兩個字。很像母親們在做手工聽着傳統戲曲時，「陳三五娘」那樣的故事。當他拖着她的手時，他們的確是奔跑而去的。當他們在公園的長椅坐下時，她的頭就埋在他的懷裏，抽泣了起來。

她的哭泣是激動的，也是快樂而又哀傷的，同時也是憂慮的。

原來他們的關係，已可以親密到這樣的程度，像是在這之前，已經擁吻了無數次。

後來的發展真的是很具戲劇性。之所以出現這麼大的戲劇性，是因為他們到了最後關頭，還不知道該怎麼應對。

他們只是感到，只有離開家，離開幾天，他們才能自救。

兩天後，他們才回家，都已經筋疲力竭。

他們的母親也因焦慮，也都已經筋疲力盡。

在這樣保守的環境裏，兩個男女一起離家，又一起回來，已經成了一個「米已成炊」的事實。

母親們比起他們都要心急。

李芳紅和嚴天順很快就結婚了。

兩個母親，都希望子女在身邊，當然，也有經濟上的問題，因而，後來處理的方法就很簡單，李芳紅和嚴天順住在一間房間，兩個母親以及另一個女人呂玉萍住在另一個房間。

在那個貧困時期，這也不是甚麼奇怪的事。兩個老人家對這頭婚事都很滿意，她們可能都在想，這樣美滿的婚姻就在跟前，怎麼想也不想呢？

9、

李芳紅一直都認為，因為居住於板間房，才有了她跟嚴天順的這段美好婚姻。很多年後，她才懂得思考另一個問題：為甚麼他們母子或她們母女會居住在板間房？要是一直追問下去的話，最後的結果可能就是：他們美好婚姻的喜劇，是由父母輩的悲劇醞釀而成的。

母輩很卑微的一群女子，是大時代夾縫下的一群最大的受害者。

她們幾乎都是出生在窮鄉僻壤的鄉下。如果有一個由歷史操縱的鏡頭，以俯瞰的角度拍攝，就可以看到一個又一個在南洋一帶謀生的年輕男子，回鄉迎娶一個又一個年輕女子。完成這樣的人生大事後，他們又一個一個回去南洋謀生，把掙到的金錢滙回家鄉養妻活兒。在那樣困頓的時代，大概也算是幸福的日子了。

一場二次世界大戰，摧毀了無數家庭。日軍在亞洲發動侵略，這些女子與在南洋的丈夫音訊斷絕，是一段最黑暗的日子。經濟接濟突然中斷了，毫無務農經驗的女子，如何從家裏僅剩的幾塊薄田掙扎求存？在這個生死攸關的時期，每個母親都有過一段可歌可泣的故事。

抗戰勝利了，音訊恢復了。歷史給了這些女子一個機會，讓她們到香港會夫。也許日後就到丈夫謀生地團聚。要是這樣，也算是幸福的日子了。

然而命運不是這般美好。很多丈夫飽受生活的蹂躪，實際情況是，幾乎連自己的生活也照顧不了。

幸好香港的勞工密集工業開始興起，給了這些勤奮的女子一條生路。

這些來港的女子太多了，又集中居住在港島的某一個地區，所以這些女子有群居的現象。

這就是李芳紅和嚴天順兩家人可以一起居住於板間房的由來。

李芳紅一想起這些平平凡凡的，很卑微的女子，原來已經歷戰時那種驚心動魄的、死裏求生的日子，生命力的堅韌，叫她無法相信，真的就是這些看起來平平凡凡的女子嗎？

10、

有時，李芳紅會想，她跟嚴天順的婚姻，真的是自由戀愛而成的嗎？抑或終究逃不過父母婚姻上的遺傳，有種盲婚啞嫁的性質？因為他們的整個戀愛過程，都是啞口無言的。而且他們的戀愛對象都不是從很多人當中選中，始終都只得一個，幾乎等同於父母為他們選中的。

但李芳紅想，這有甚麼要緊呢？填滿在她心間的，真的有種真愛。

前門與後門

一個生果小販和一個騙子的故事，迥然不同的生存方式。

1、

上個世紀六十年代末，整個社會貧窮現象還很普遍，生活較為寫意，有能力追求高質素消閒享受的中產人士，當然不會太多。經營尚算高級玩意的潛水儀器用品，注定是冷門生意。

那一年，剛踏出校門的蕭明生，來到這麼一間經營於旺角的店鋪當售貨員。

當時旺角已很興旺，冷門生意當然沒有可能開在通衢大道，只能開在彌敦道後面一條小街的角落。

老闆賣的是奢侈品，就作了點補救，把店鋪裝修得相當華麗精緻。

蕭明生一返工，覺得環境特別，不大好受。這肯定不是環境惡劣，才叫蕭明生生了惶惶然，不自在的感覺。相反，正是在一條簡樸的小街上，華麗店鋪的「鶴立雞群」，如此不協調，如同炫耀，才叫蕭明生油然生出了一種更接近不愉快的感覺。

潛水儀器用品店鋪的大櫥窗陳列着潛水衣、潛水氧氣筒、蛙鞋、潛鏡、潛水刀等高級而時髦的用品。更加引人注目的是櫥窗上張貼了一幅很大的圖片，精美而很有氣勢，是個浩瀚的藍色海洋世界，穿着全副潛水裝備的蛙人，在彩色繽紛的游魚和珊瑚之間滑翔，一種無法想像的美麗世界。

蕭明生當時的狀態，卻十足像一條死魚，擱淺在死水裏，也許很快就會死去。這樣的對比太強烈了。

有一種情景，是很容易就可以想像出來的：來光顧的客人，既是喜歡這種活力十足，又充滿刺激的體育活動，體魄自是相當強健，臉上泛着充滿陽光的笑容。他們都有高尚的優薪厚職，前途光明美好，在經濟方面，哪裏會有甚麼憂慮？已有「work hard，play hard」的生活信條，休閒時，只追求高質素的健康活動。

蕭明生被困在狹窄的店鋪，恍如困獸。有時整天連人影都不見一個，就有坐困愁城的濃烈感覺。年紀輕輕的，臉色蒼白得很不正常，內心只充斥着沮喪、徬徨、前路茫茫的沉鬱感。蕭明生不大肯定這是他的天生性格使然，還是年紀輕輕就遇上的徬徨無助，養成了他的一種一籌莫展的灰暗人生觀。

蕭明生也一直自我懷疑，像他這樣一個性格，做了需要招徠顧客的售貨員，適合嗎？

2、

蕭明生當上售貨員的短短幾個月裏，有兩個進入他的生活圈子的人，不能算是他的顧客，卻對他的人生印上了微妙卻是深刻的烙印，這倒是他完全沒有意料到的。

正值盛夏，夏雨霏霏的午後，蕭明生突然聽到幾聲古怪的敲門聲，原來來自他還沒有打開過的一道後門。蕭明生走過去，剛把後門打開一點兒，早有半張和善的、笑嘻嘻的臉露了進來。也沒有半句客套話，只說：「落雨天，我滿腳污泥，不方便進去跟你問聲好。來，試一試這個，還是很新鮮的。」手裏拿着的一個紅蘋果和一個香橙，塞給蕭明生。

生果小販開朗、豪爽、甚至帶着了純真且真誠的笑，從他那張風吹雨打日曬的黧黑的臉流露了出來，就像他們早就是老友記。因了這種真誠，蕭明生覺得他的熱情是不容拒絕的。一份誠意就像一份禮物，必須收下。小販送完了禮物，很快就轉身離開。

蕭明生感到他們之間的距離，突然一下子拉得很近很近。蕭明生對他是熟悉的。至少蕭明生知道他是一個賣生果的。蕭明生至少曾經感到，他們之間的距離，是如此遙不可及。當然也是因為他從來都沒有考慮過以這樣主動的方式，跟人家表示友好。

蕭明生在店鋪裏，作為服務從業員，至少都得衣衫整潔。而這名小販呢？蕭明生已有好幾次看見這名小販推着裝着蘋果、橙、香蕉、榴槤、西瓜等生果的木頭車，在店門前經過。時不時，遇上了滂沱大雨，他就推着木頭車飛奔，身影就很狼狽。一個在風雨中奔波勞碌的人。

也許為了謀生方便，夏天永遠的黑短衫黑短褲，冬天則是換了黑色長衫長褲，披了件粗糙外套。他應該永遠都不會購買潛水儀器用品吧。要不是他對蕭明生的這個友好動作，他們的距離真的很遠很遠。

也許經了幾個月，小販覺得他們是名副其實的近鄰，很有必要來打個招呼。他們的距離表面看來很遙遠，其實，只要蕭明生打開店鋪的後門，就可以看見小販一家人的尋常生活。真的是很近很近。

打開店鋪後門，看見的就是一條陋巷。原來，小販一家人就租住在店鋪後面的閣樓仔。也就是說，潛水儀器用品店鋪的天花板上面，就是他一家人的住所。閣樓仔下面的那一段陋巷，就是小販一家人吃飯、孩子做功課，生果箱堆放的地方了。

3、

有後門，就有前門。前門就是店門。

要不是第二個不算是蕭明生顧客的人從前門進來，蕭明生就不懂欣賞小販的充滿溫情的笑，以及他賜送的生果禮物，是那麼珍貴。

也是一個夏日午後。

夏日午後通常是難捱的時刻。飯氣攻心，是一個人最昏昏欲睡的時候，特別是一個人長時間獨守一間店鋪。

就在蕭明生昏昏欲睡的時候，他推開店門，進來了。是一位先生。蕭明生從未見過顧客有這麼燦爛的笑容，他的笑容，簡直是帶着了驚喜的。

「終於搵到啦！」他一進店門，像放下了一塊心頭大石般的輕鬆。

五十來歲，是個很乾瘦的人，歲月已經把他臉上的光澤都沖刷光了，色澤跟街邊小販很像，是風吹雨打日曬留下的污迹，少不免還有不少盤據在臉龐上的皺紋。

蕭明生不知道，要是由一個富有人生經驗的人來看，對這個人會有怎樣的看法呢？這樣的年紀，應該不會是一個喜歡潛水，而來買潛水用品的人，倒是更像一個會到街市買菜的男子。他的生活重擔還沒有放下。

蕭明生還觀察到，縱使他認識不久的生果小販臉色再怎樣黝黑，還是可以看得出那份不由得叫人愉悅的明朗來，坦蕩蕩的。而這名男子卻不論怎樣笑，眉宇間都有份深不可測的深沉。

只不過，大熱天時，他的裝束完全吸引了蕭明生的注意力；一套畢挺的西裝，一個黑色的公文包，在蕭明生眼中，憑着這樣的衣裝，他整個人就變得斯文和高級起來，他的那份深沉就變成了一位專業人士的豐富內涵。

抹着汗，在客人專用的椅上坐了下來，一副「踏破鐵鞋無尋處」，走了很多寃枉路的疲累樣子。

「你知道有多少間賣潛水器材的公司嗎？」他問蕭明生，還在喘着氣，自問自答：「沒有，一間也沒有。至少我知道的就是這樣。急死我了。我們公司要開拍一部影片，破天荒創舉，潛水題材，一定引起轟動，因此要趕拍，但這一來卻把我們負責道具、服裝的部門害苦了。限時限刻，一時間叫我們到哪裏找這麼多潛水服裝？錢不是問題，我們大老闆不吝惜這麼幾個錢，聲言要最好的。」中年漢語調急切，但神色卻輕鬆了，有種一切都有了着落的神態。

他往狹窄的店裏掃了一眼，其實也不必再掃一眼，已經把店裏的一切都看得清清楚楚。

「小兄弟，這一下全要靠你了，有甚麼好貨，介紹一下。全都要最好的。」

他對蕭明生擺出一副完全信任的態度。

這下好了，不是一筆數目無法想像的生意嗎？這讓蕭明生亢奮萬分，整個腦子都亂了。

中年漢看見蕭明生整個人都呆了，不知所措，笑着說：「小兄弟，不要急，咱慢慢來。潛水最重要的是甚麼？人長時間在水底，如何呼吸？所以最重要是氧氣筒對不對？氧氣筒是怎樣的？哪一個國家的出品最好？」

他完全把蕭明生當是專家了。蕭明生當然不能把自己當是初哥。蕭明生冒充很熟行的指了指櫥窗裏唯一擺着的氧氣筒。

他說：「法國的最好。」

「那就一定要法國的。」中年漢毫無猶豫地回答。「你們是專業的，介紹的一定不會錯。那麼潛水衣呢？」

「潛水衣最好是度身訂造。因為下水不同在陸上，潛水衣一定要合身。」

「說得有理，那是說，一定要大明星親自來了？」

「我們以客為尊，如果有需要，也可以約定地方，我們上門度身。」

「我想，做潛水衣，度身時一定要分寸不差，是不是要脫光衣服，只剩內衣內褲？」

蕭明生不知怎地，聽了中年漢這麼一說，竟是臉紅耳赤了起來。

這個男人早把蕭明生這一切看在眼裏。

蕭明生說：「最好能夠貼身些，寸尺就比較準確。」其實，蕭明生哪裏知道甚麼。

「對！對！就是得這樣。這就是專業。嘩！那些身材美妙的性感女星……哈哈哈，不過，規矩就是規矩，應該怎樣做就怎樣做，小師傅，你這一下有福了。開玩笑啦，別這樣怕羞。說回正經事，我們初步起碼也要十幾二十套，給主角和配角，你們趕得來嗎？」

「通宵趕工，也要給你們趕出來。」蕭明生不知怎地，竟老練了起來，說了這一番話出來。他相信，老闆也是會這樣對客人說的。

「謝謝，十分謝謝，就靠你了，像你這樣踏實的年輕人，我信得過。可不可以把氧氣筒拿出來給我看看？」

「當然啦！」蕭明生應着，把櫥窗裏的氧氣筒拿了出來。「法國貨的，不重，方便潛水，現在喜歡潛水的，都用這個了。」

中年漢聽了蕭明生這樣說，點了點頭，擺弄着氧氣筒，一面像在沉思。

「我沒有辦法在其他地方找到這些東西了，相信你們的價錢也會公道，不會抬高，對不對。」

「絕對不會，」蕭明生連忙回答：「以後還指望你介紹朋友來哩。」

「這就放心了，這樣吧，先給我落單，潛水衣二十套，氧氣筒二十個，其他潛水需要的器材設備，也給我開列相同數目。以後肯定需要更多，到時我們再商量添加。」

他說着，摸了摸西裝的口袋。

「一定需要訂金吧，我完全沒有想到會在這裏找到，帶的現錢有限。這樣吧，先給五千塊，明天一早我就帶備足夠的訂金。你們喜歡現金還是支票？好不好？」

「現金或支票都可以。」

男子早已從西裝口袋掏出一紮紙鈔。都是一千大鈔。「你給我開張訂單，以後肯定還要的。」

他數着鈔票，把一紮大鈔交給了蕭明生。

蕭明生不知道在接到這一紮鈔票時，心態是不是就叫做「財迷心竅」，只是蕭明生覺得整顆心都迷糊了。蕭明生一心想着如何向老闆報喜呢？

蕭明生開着訂單。中年漢坐在椅子上，一副怡然神態。他看了蕭明生開出的潛水衣等貨品的價錢，突然說：「兄弟，價錢這樣大，老闆看你只收取訂金五千，一定會怪責你，也不會放心是不是有人真的訂了這一大宗貨。以你老闆這樣富有社會經驗，極有可能懷疑這會不會是個騙局。或有個甚麼無聊人來開個玩笑。我不想你為難，當然也是因為我急需這批貨，不想耽誤。訂金真的太少了，但我現金又沒有那麼多。這樣吧，我私人寫張支票給你，等你們把支票入了銀行，兌現，確定已收到錢，才安排潛水衣度身訂造的事，好不好？」

「當然好，太謝謝你了，難得你想得這麼周到，你真是大好人。」

男人說：「應該這樣做，而且不過是舉手之勞。只是我們大公司，做事就是這樣，一板一眼，每做一件事都有個複雜的程序，開張支票需要一段時間，不比小公司，一人話事，說開就開。」

「明白。」蕭明生說。

中年漢打開公文包，拿出一本支票簿，然後又放進去了。

「小兄弟，等你開好了單，我再寫支票。這樣吧，就預付貨款的四成好不好？如果你同意，剛才的現金訂金就退回給我好不好？」

這個中年漢真是客氣得很，辦事合理又井井有條。蕭明生連忙把現金退回給他。

正當蕭明生埋頭寫訂單，不久，中年漢又說：「小兄弟，我剛才到其他商店買東西，但這樣的大鈔，他們找續不來。如果你不介意，也讓我方便，可不可以換一些百元鈔票給我？」

「當然可以。」

事實上，這一天生意比平日都要好，抽屜裏剛好有好幾千塊的百元鈔票。

「如果有，就換三千或四千。」

蕭明生數了數，共有四千的百元鈔票。

蕭明生拿了給他。

中年漢把鈔票拿在手裏，用拇指掃了掃。

「最好鈔票上印有獅子的那一款。」他說。

蕭明生出於本能的感覺，感到這個要求很古怪。不過，他是個大客戶，就盡量滿足他。

蕭明生再轉身往抽屜裏找，只聽到中年漢說：「還是不必了，我剛才沒有想到你們做生意，也是需要這些少額鈔票的，你們真是好客，甚麼都盡量滿足客戶，我不信任你們，怎行呢？我這個人真自私。我自己出去想辦法。你開好了單，一會兒我回來，再寫支票給你。你把我給你的千元鈔票退還給我吧！」他說着，把他手上一大紮百塊鈔票退還給蕭明生。

中年漢提起公事包，臨出店門時，還回頭向蕭明生揮揮手，說回頭見。

蕭明生一直想着這名男子回頭向他揮揮手時，臉上浮現的笑。

蕭明生就像當時眼睛裝上了照相機，及時拍了下來。但是因為室內光線陰暗的原因，難以聚焦，鏡頭就變得模糊。蕭明生一直想知道，這位男子臨出門時臉上露出的笑容，到底真正要表達的是甚麼呢？會不會是對一個入世未深的年輕人的天真，露出的憐憫的笑，或者是在得手後，露出的嘲諷的笑？或者是含有其他甚麼內容？蕭明生愈想知道，他腦海裏的影象就愈模糊。

蕭明生想，最關鍵的就是在一刹那，當這位男子要求全部百元鈔票都是印有獅子的時候，蕭明生轉身再找，中年漢已把他手裏的幾十張百元鈔票，抽去了一部分，約十幾二十張吧。

天呀！在六十年代，對初出社會的蕭明生來說，這十幾二十張，已是很大數目了。

被抽去了十幾二十張，拿在手裏，在正常情況下，是可以感到有差別的。但他當時只想着一筆大生意，整個心都迷糊了。

當蕭明生終於知道了騙局後，他震驚得說不出話來。

可憐！最關鍵的是，蕭明生以他全部的人生經驗，都應付不了一刹那。

蕭明生感到這名騙子的騙局是天衣無縫的。以蕭明生的資質，即使是在很多年後碰上，蕭明生依然沒有揭穿的能力。

騙子的戲，整個過程鋪排得很完美，演出又是如此入木三分，叫蕭明生折服。

也許要在很多很多年後，蕭明生才能明白，中年漢的騙術，都不過是雕蟲小技，充其量一個宵小而已。

人生極可能是由一個又一個的騙局組成的，有的騙局很大很大，大得可以堂而皇之進行，沒有甚麼力量可以阻擋，譬如金融大風暴背後的很多嚇人聽聞的欺詐。

4、

就蕭明生的性格而言，騙子事件應當會對他造成極大的負面影響，但事實上卻不盡然。

最大原因肯定是，作為蕭明生近鄰的生果小販，確實給他帶來過溫暖的笑容，不要輕視這個笑容，已在蕭明生的心裏，起了撫慰作用。

蕭明生的內心原本就很灰暗，騙子事件為他投下了更多陰影。但生果小販的溫煦笑容，恍如在他心間點燃了一點燭光，蕭明生的內心愈陰暗，這點燭光就愈明亮。對蕭明生來說，這是很新鮮的經驗，也很重要。

蕭明生只做了幾個月的店員，就離開了。

離開前，正是西柚當造的季節，蕭明生刻意把後門打開，讓一陣陣的西柚香飄進店裏來。

生果小販的妻子曾以為蕭明生嫌棄西柚味，就露出了抱歉的笑容。其實蕭明生不嫌棄。蕭明生說，哪裏會呢？相反，他很喜歡西柚味。

柚子香飄滿了小巷。蕭明生原以為他只喜歡柚子香，才會把後門打開。其實蕭明生更喜歡的是小巷裏的生活風光：小販夫婦的合作無間；一種平凡的、簡樸的、對生活裏的種種艱苦都無畏無懼的生活態度；無論在怎樣的環境下，都要自力更生的勤奮。

雖是肥胖，卻是壯實無比的生果小販妻子，坐鎮小巷，即使是在雨下，仍會泰然而輕巧地引刀往柚子一割，然後用力把柚子皮掰開，手勢真是美得不得了。

柚子肉由丈夫裝在木頭車，推出去賣。小販妻子就把柚子皮在巷子裏掛起來風乾。只有在這個巷子裏，才有這樣的場地。柚子皮掛滿了閣樓仔的外牆。小販妻子還從電器鋪買來了電線，把電線在小巷拉開，在電線上掛滿柚子皮。

只可惜，小巷是陽光照不到的地方，不然，柚子皮會更加芳香吧！

小販妻子會喜孜孜地說：「柚子皮的用處很大，柚子皮不但營養價值高，而且還健胃、潤肺、補血、清腸、利便等功效，可促進傷口愈合，對敗血病等，有良好的輔助療效。」

她的心裏都是美好的事。當然，柚子皮可以賣個好價錢，也是件美好的事。

很多時候，黃昏來臨，蕭明生聽到後門的敲門聲，他去開門時，就會看見小販手裏捧了切成四分之一的西瓜，對他說：「你總是坐着不動，血氣不順，對身體不好，多吃些生果才是道理。在這樣的炎夏，吃西瓜再好不過。」

蕭明生確實是無言感激的。

這些瑣事，都影響着蕭明生。而且很深刻。

離開的那天晚上，他辭別小販夫婦，關上了後門，明顯有份依依不捨。然後，蕭明生關上了店門，結束了一段當店員的日子。蕭明生又要尋找前路了。心裏雖然有惶惶然的感覺，但其實心裏也踏實了很多。也許是因為，心裏已懷了份依依不捨。

這份依依不捨叫蕭明生覺得很溫暖，似乎也給他帶來了勇氣。

給爸咬一口，給媽咬一口

吃，在小人物尋常日子裏，佔的是輕，還是重的位置？

1、

西鐵線的車廂裏，最容易碰上疲累不堪的人。看來是與車程較長有關。早晨繁忙時間，人潮就像潮漲時，一浪接着一浪，從屯門、兆康、天水圍、元朗等沿線車站，湧進車廂。只是，西鐵線就像海岸線般無限長，而車廂空間有限，車廂裏迫爆的情況就變得司空見慣。

放工時卻沒有退潮，甚至潮漲得更厲害，因為打工仔放工的時間可能更加集中，人潮就更加洶湧了。

累了一整天的打工仔，擠進月台，早已人頭湧湧。好不容易進入車廂，別說找個可以坐下，歇一歇的座位，就是找個較從容站立的位置，也殊不容易。

太多人需要有個扶手，應付地鐵開動時，突然會猛然搖晃一下的車廂，但搭客擠得密密麻麻的，就連這個扶手也不容易握得到。

2、

崔子建就是在西鐵線車廂裏第一次碰到他的。

也許是他特別的站姿吸引了崔子建。他還算佔了個較好位置，一隻手牢牢地抓住扶手，上身前傾，讓旁觀者擔憂他隨時都會失去重心，砰然一聲倒了下去，那可不得了。可是每次車廂激烈顛簸，乘客的身體都隨着搖晃，這個人的站姿卻有屹立不倒的穩重。

這種站功不知是怎樣練成的。是不是他個子較矮細的緣故？

崔子建也好奇他從事的是哪種工種。也許是他的工種訓練出了他的這般身手。

看看他的衣着，怕幹的也就是賣力氣的活兒。

他看來很疲累，疲累但找不到座位，似在使用他的最後一分力氣支撐着，全力與睡魔、車廂的顛簸掙扎。他的頭顱低垂着，是不是因為有這麼大的站功本領，可以無憂睡着了？

崔子建不大肯定他是否睡着，因為崔子建雖然這樣想，卻無心去探究，很快已自己先睡着了。崔子建在紅磡站上車，所以才有座位。

在天水圍下車時，車廂乘客已較疏落。崔子建卻不見他的身影。

也許他早就下車了。也許跑到別的車廂找到了座位。

3、

崔子建第二次見到他，是在輕鐵車廂。崔子建從元朗返回天水圍。

輕鐵已成了天水圍區內最重要的交通工具，設有巡環線，專為區內服務，但即使不是繁忙時間，依然擠迫。

輕鐵車廂裏的擠迫也許較容易忍受，畢竟車程短得多了。

最初，崔子建不知道他就站在這個人身後。

然後，崔子建無意中瞥見他在掃着手機。

小小的屏幕，突然出現了兩個小小的笑靨，真的有如小宇宙爆炸那樣的燦爛。

隨後，崔子建聽到了輕笑聲。真的不可思議，竟是站在他前面的男子不由自主的笑聲。屏內屏外的笑聲好像交織在一起，使局外人的崔子建，在那麼一瞬間，忘記了身處的擠迫環境。

不用猜也可以估到，這是個有家累的男子，早出晚歸。但不論是在西鐵或是輕鐵，這樣的父親不是觸目皆是嗎？他們都為了一頭家忙碌。這些父愛加了起來，讓天水圍生氣勃勃了起來。

4、

茫茫人海裏，兩個陌生人即便偶然幾次碰見，也不會留下甚麼印象，生活艱難，各忙各的，這是正常現象。要是居然能夠留下印象，本身就很不可思議。這當中必然發生了甚麼叫人難忘的事。

崔子建再見到他，是在一間連鎖快餐廳。是在盛夏時節。

炎熱，把崔子建驅趕到這間連鎖快餐廳。

午後一點鐘，店內客多，簡直插針難下。

一進店內，發現就近有個空位，崔子建連忙一個箭步，把自己安頓下來。掏出紙巾抹抹額頭上的大汗，忙了一陣，喘了一口氣來，赫然看到了對面的另一個額頭。

坐在崔子建對面的額頭是低垂着的，坐得太近了，崔子建感到對面這個面目不清的人，是把一個額頭硬塞給他。

這是一個無法忽視的額頭，不是說頭頂已半禿了，而是一顆又一顆晶瑩汗珠，似被室內冷氣凝結了，停留在他的額頭上。

所謂滿頭大汗，應該就是這個模樣。頭頂上的汗水大量流淌了下來，加上滿臉、滿脖子也出汗，露出的皮膚所見，都是汗涔涔的了。部分汗水凝住了，暫時積聚在額頭上。

不論何人，應該都會覺得，把汗水抹去，才會舒服些。道理也是一樣，無論何人，只要他的視覺、感覺是正常的，都會感到這個人的形象是驚嚇的。所以，別人也會覺得，他應該先把汗水抹去，這已不是不修邊幅的問題，而是會叫別人感到不舒服的儀表問題了。而且，抹一抹汗水，也費不了太多時間。

然而眼前這個人，竟然是如此不顧儀表，而且專注得近乎不知死活，只顧得上他眼皮底下的小小世界，也算得上是個小小奇觀。

崔子建猛然醒悟，為甚麼他可以如此輕易就得到這個座位，只因別人眼尖，看到了這個滿頭大汗，而他感官遲鈍。他只得認命，坐下來，面對了。

一個人，前後左右都有人，被密密圍住，卻能夠築起一道即便是薄薄的牆，把自己圍在裏面，隨心所欲，也真的要有一番本事。

崔子建突然把他認出來了。不就是崔子建偶遇的那個人？幸好，看樣子，這個人只顧陶醉在自己的世界裏，世界外的事情，他一概不理。也許他太累了，這是他找到的一個放鬆自己的方式。

崔子建準備趁他抬起頭來的時候，友好地朝他笑一笑，把一張紙巾遞過去。

但崔子建的好心計劃落空了。他對面的這個人，竟然忙得再也沒有時間抬起頭來。

崔子建索性肆無忌憚，眼也不眨一下地觀察他的一舉一動。第一次這麼近距離看着他，簡直就像是拿着一個放大鏡看着他。

對於崔子建來說，要是這個人是個百分之一百的陌生人，他的觀察也許不會那麼投入。

觀看別人的食相，是極不禮貌行為。剛才還在責怪這個人不抹拭額頭上的大汗，既不雅也不禮貌，轉眼之間，自己的行為也好不到哪裏去。

只不過，即使明知自己在做着很不得體的事，只要環境提供了足夠的條件讓自己去做，而且誘因也足夠了，就忍不住去做了。

原來，一個人的一張臉，在極度專注的時候，可以扭曲到這麼厲害的程度。專注到了忘我，是對外界其他甚麼，都顧不及了，或者說，都不在他的視野之內，幾乎可以說，失去了對周圍事物的感知。

因為雙手用着力，嘴巴也在配合着，歪在一邊，眼睛也斜了。照崔子建理解，這張臉上所展現的，是一種無以復加的貪婪。從另一個角度來看，也可以解釋為一種無以復加的期待神色。

從這張面孔看來，年紀有多大呢？難以判斷，歷盡滄桑的，也許有四十來歲吧。

他正在全神貫注對付着一件西多士。

對付一件西多士，得用多少力氣？

崔子建只看見這個男人已經把那塊小小的四四方方的牛油的包裝紙打開來，小心翼翼用餐刀把牛油刮了出來，生怕有一點兒牛油沒有刮出來，那就損失慘重了，然後他把牛油放在西多士的中央位置。

只有對神一般的虔誠，才會對食物那麼認真。

或者像一名藝術家，面對一件工藝品，那樣的精雕細琢。

他開始刀叉並用了。他把牛油細細地攤分到炸得金黃的麵包片的每一個角落。動作是那麼細膩，毫不誇張地說，他的每一個塗抹動作，都帶着了別人無法理解的陶醉神態。

當他把糖漿從小小的包裝袋裏，擠了出來的時候，有種自我欣賞的，或是滿足的神態。

他也把糖漿細細地攤分到炸得金黃的麵包片的每一個角落。

他對美食極度的崇拜，讓崔子建深感，這一連串動作，本身已是一種幸福，是其他人不輕易享到的。

5、

崔子建最初的確對眼前人抱了點鄙視，很快卻又回心一想，小人物過的只能是粗茶淡飯的日子，長年累月，有甚麼吃的樂趣！一般打工仔生活裏的「醫食住行」，除了「食」字，其他的，別說自己愛怎樣就怎樣，就是遇上了最淒苦的境況，都得任由屠宰，哪裏有甚麼自主的餘地！

「食」這一方面，當然不可能有隨心所欲的餘地，卻還留有一點點空間。畢竟享受一下自己喜歡的食物，所費也不是沉重到自己不能負擔。偶爾可以用自己的方法，在苦澀的生活裏善待一下自己。這樣想着，崔子建一下子明白，這個人一定很喜歡西多士。享用一片小小的西多士，算是他對美好生活的嚮往的一點實踐。

6、

好像是專為了印證崔子建這個想法，崔子建對面一個空着的座位，又來了一個看來對食物表現得很崇拜的男人。

正當滿額大汗的男人全力對付西多士的時候，一個食客捧着一個上面裝着咖喱牛腩飯的盤子，一屁股就坐在滿額大汗男人的鄰座。

體格頗為強健的中年漢子，裝束像是裝修工人，衫褲上有水泥漬。

他的餐盤上，多了一小盅白飯。這家快餐連鎖店實施惜食仁政，飯量可加可減。當然，要是真正飯量大的食客，這麼一小盅，真的無補於事。

剛把餐盤放下，這個漢子就起身，走到專門放置調味品的櫃子那邊去了。看來他已很熟悉做這件事，用很利索的動作，拿了一包又一包的調味品，一口氣竟然拿了五、六包。

崔子建感到他自己又失儀了，因為他不禁地圓睜着眼，而且眨也不眨地望着這個男子失儀的舉止。

一個大男子，卻是個貪小便宜者。

不太好看。

也許是想拿多幾包，回家慢慢享用。

崔子建的想法錯了。

男人坐回座位，一包又一包的把調味包撕開，很細心地把裏面的芥辣醬擠了出來。一點兒也不想浪費。確定了把包裝裏的芥辣醬都擠了出來後，又把包裝袋塞到嘴裏舔了舔。

幾包芥辣醬擠進咖喱牛腩汁裏，連旁人都可以嗅到那股濃烈的辣味。

這個男子的雙眼像發光了一般閃亮。

他用湯匙往咖喱牛腩汁攪了攪，舀了一湯匙，往嘴巴裏送，然後，不期然的，雙眼閉了一下。

那是品嚐到至美食物的極致陶醉的表情，享受到的身體範圍已不僅僅限於味蕾，而已是浸透了全身，然後擴大到整個精神世界，變得無邊無際。

吃的動作突然加速，狼吞虎嚥似乎已不足以形容他的食相。連額外添加的一小盅白飯，就像在瞬間消失，吃完飯露出意猶未盡的神色，好像肚子只填滿了小小的一個角落。

他進食的速度，跟吃西多士的男人的速度絕對南轅北轍，共同的目標，都是為了取得最大程度的享受。

7、

崔子建發現，正在吃西多士的男人滿額的汗水，不見了。大概在冷氣吹拂下，風乾了。

他用刀叉，把西多士切成一小塊一小塊，崔子建原本以為，他早該吃光了。一塊西多士實在不耐吃，其實只需三、兩下子就掃光了。但是崔子建再留意他時，一塊西多士，竟然還剩下大半。他的眼神，其實是他的整個精神面貌，依然是陶醉的。

但畢竟，吃西多士男子終於也放下手裏的刀叉。

一個吃得快，一個卻是吃得慢，到底是哪一個得到最大的滿足呢？

崔子建早就發現，吃完咖喱牛腩飯的男人，放下了刀叉和筷子時，呆坐在座位上，臉上浮現近乎落寞的神色。而當吃西多士男子終於也放下刀叉時，臉上也浮現相同的落寞的神色，與他們開餐前的期待和興奮，構成了巨大的落差。

同枱的三個人先後離開了快餐店。烈日當空下，酷熱似乎更難以抵擋了。那個吃西多士的男子，應該是再度滿額大汗了吧。

崔子建突然發現，這個吃西多士男子從背包裏掏出一袋麵包，一路走一路啃着。步伐很急促，不一會兒，已消失在前方的人群裏。也許剛才花費在美食上的時間太長了，現在要趕路，把時間補回來。

8、

要是崔子建沒有在另一個場合，再見到這個人，所有有關他的記憶，應該很快就會煙消雲散，留不下半點印象。

他們再碰見是在西鐵線的天水圍站，這是一個值得介紹的地方。

崔子建第一次看到天水圍站，感到這座大樓很大。並不是像中環站那樣的宏大，而是一座大樓獨立矗立着，就感到它的宏大了。

天水圍站大樓連接幾座宏偉天橋，橫跨馬路，與各大屋邨相通。不是說其他港鐵大樓沒有這樣的天橋，只是沒有這般宏偉，這麼多。

天水圍人每天上班和放工的最繁忙時間，人流在幾座天橋上流動，有點像河流，其壯觀也許是別的地方難得一見的。

在其中一座天橋上，靠近西鐵站入口的地方，有一對老夫婦擺檔，販賣砵仔糕。

天水圍這個地方太大了，似乎小販管理隊也管不到這個地方了。這對老夫婦就可以安心地擺檔。

不知這對老夫婦會不會一大早就來擺賣?崔子建只看見他們在近晚，放工人潮即將來臨的薄暮時分，準會在場。他們會擺賣到夜間甚麼時候，崔子建就不大清楚了。崔子建只知道，即便是到了晚間十一、二點，只要每班列車一到，總有一批人在西鐵天水圍站大堂步履匆匆走動，要不是下樓去搭輕鐵等交通工具，就是很快在各大天橋上消失。

擺檔夫婦同樣白髮蒼蒼，動作緩慢。卻都是一副安祥的模樣。男人高瘦，舉止特別儒雅，像是一個文弱書生。平日，坐在凳子上，等到客人走上前來，就會緩慢地站起身來，用竹籤串起砵仔糕，近乎恭敬地送到顧客面前。要是顧客是年輕女孩，舉止就更像慈父，拿着食物給剛回家的疲累的女兒當宵夜吃。至於那位年老女人，要是在街市隨便看見那個買餸的阿婆，完全可以當是她了。

大部分時間，這對夫婦輪班的多。

一個星期天下午，來了一家四口。很典型的家庭組合:爸爸、媽媽、家姐、細佬。崔子建幾乎要驚喜地大叫起來。就是那個吃西多士的男人。這就是他的一家?

吃西多士男人來到砵仔糕攤檔前，掏錢買砵仔糕。

崔子建知道每個砵仔糕賣五元，他應該掏出二十元鈔。卻不料他只把一個十元硬幣遞了過去，得到兩個砵仔糕。男人急不及待把一個遞給家姐，另一個遞給細佬，臉上露着慈父的笑容。

不論是家姐或是細佬，都一律一小口一小口的咬着，這使崔子建想起了這個男人吃西多士的樣子。

崔子建留意到男人一個微細得不能再小的動作，他的喉結動了一動，看來在吞了吞口水，好像也剛把一個砵仔糕吞下肚。

也許他的細心的妻子也留意到了，對家姐說：「給爸爸咬一口。」

家姐看來很聽話，把砵仔糕高舉到父親嘴邊。

男人尷尬地笑了笑，張大了嘴，作勢要大咬一口，卻只咬了小小一角。

他轉頭對細佬說：「給媽媽咬一口。」

細佬學家姐，也把砵仔糕高高舉起，湊到母親嘴邊。

只不過是很尋常的一家人樂融融的生活場景，崔子建想，他為甚麼會這樣被吸引了呢？也許是，一家人即使經濟不那麼寬裕，也可以制造另類的樂融融。

然而崔子建再細想一下，就覺得，真正觸動了他的心靈的，也許是一個那麼喜歡美食的男人，在跟家人一起時，表現出的一種很尋常的父愛。

這種父愛要是經過咀嚼，卻也可以慢慢地體味一點不尋常，這個男子壓制住自己的食慾，讓孩子得到這份快樂。

那天黃昏，崔子建在天水圍市中心的銀座廣場，遇上了這一家四口。迷人夕照鋪在寬闊的廣場上，孩子們快樂地互相追逐着，樂在其中。

社會的基層家庭，也許日子不大好過，卻也總會有溫馨、快樂的時候。

天水圍的光與暗

記一段艱難時期，揭示了生活裏總有光與暗的交替。

1、

一對父子坐在長凳上，吃着一盒燒腩飯。

近晚七點來鐘，美麗的斜照褪盡，風光秀麗的天水圍市中心銀座廣場，暮色漸濃，慢慢地被一層夜紗般的幽暗，籠罩了，卻呈現另一種更醉人的美。

這種美，是其他市中心不可能會有的寧靜之美，特別是在這個晚上，暑氣一點兒消去的意思也沒有。

父親李國強昂起頭來，貪婪地凝望沒有被高樓大廈遮擋的天空。剛才在陽光照耀下，還是藍得找不到一點瑕疵的天空，已變得深藍。

銀座廣場佔地大，讓來消暑的人感到像身處大海洋，縱使炎熱，都感到有股清涼，滲透在空氣中。

父親穿着一件無袖圓領黃色汗衫，灰色短褲，翹起一條包紮着白紗布的二郎腿，架在另一條腿上，只有半邊屁股歪歪地勉強挨在長板凳邊上。因為腳傷，只想找個較舒適的姿勢坐着，但個子委實太高大強壯了，狹窄的板凳實在容不下，上半身以躺姿靠在椅背上，過了不久已感到很不舒適，他就漸漸又把身子坐直了。

兒子穿着很整齊的校服。七、八歲的年紀，生得眉清目秀，跟父親牛記笠記的不修邊幅，大相逕庭。要不是這一大一小隨意而又親密地交談着，怕有人會以為孩子是少主，而大人是司機之類的工人。

孩子很健談，很開朗，纏着父親不斷說話。孩子每說一句話，都是先叫一聲爸爸，讓人深信孩子是以爸爸作為生活的中心的。孩子這般純真可愛，看來讓父親感到很愉快。

父親對孩子，總是回以一副微笑。

孩子對父親無比信任，不會特別去觀察父親反應的虛實，父親的微笑就時不時顯得有點敷衍。

他有時微笑，似乎猝不及防，腦子裏突然冒出了某件心事，眉宇間就流露了憂愁和不安，不過轉眼即逝，也不是孩子可以看得到的。

這個父親，即便不是處於逆境，也不能說是順境吧！有了這個孩子在身邊就寬心得多了。

孩子一直說得興高彩烈。縱有功課壓力，在這個年齡階段，只要得到父母正常的疼惜，生活裏的每一件事都是樂事。每一件事說起來都是津津有味，就如此時，孩子吃着燒腩飯，也是津津有味。那盒燒腩飯擺在長凳上，父子之間的那個空位。其實只是兒子一個人在吃。父親看着他吃。

孩子能夠這樣健康成長就好。父親的神色，此時看來就是這樣想吧。

2、

很多人絡繹不絕地從父子跟前經過，包括很多中年女人。

每個女人，都是別的孩子的媽媽，某個男人的妻子。他們父子，在無數個這樣的暮色裏，也會迎來一個他們渴望見到的女人。當這個女人向他們走來，他們總會快樂地從板凳上站了起來，迎了上去。

但在這個晚上的暮色裏，他們沒有迎來一個女人的機會了。

「媽媽說她今晚要加班。」男人聽了兒子這句話，只是默然。

「媽媽說，她不能回來煮飯了，晚飯你們自己想辦法解決。」

雖然只是六月，餅家製造月餅的工作已在密鑼緊鼓了。佳節的氣氛總是提前來到天水圍。例如端午節、中秋節、農曆新年。當製作糉子、月餅、新年應節食品的工場趕工時，廠家就會來勞工最多的天水圍招工。

母親就是透過這種招工，找到工作的。天水圍很多母親都很勤力，一有機會就兼職幫補家計。做這種工作有個最大好處，可以坐包租的旅遊車返工放工。招工的食品工場就是看準了工人喜歡這點福利，永遠不愁招不到工。

孩子把這句話「媽媽說，她不能回來煮飯了，晚飯你們自己想辦法解決。」說過無數次了，也不厭煩，甚至每次都津津樂道，這就是孩子的特點，叫媽媽一聲又一聲的，總是不厭煩的。父子也確實在無數個夜晚，自己解決晚餐。

兒子把這當是最好的話題，因為可以把媽媽拉進他們的談話裏，也算在團聚了。孩子在他的這個年紀，沒有了母親在身邊，感到欠缺。

暮色裏，每個經過他們面前的女人，手裏都必然會拎着甚麼東西。大都是蔬果之類，要是膠盒，裏面裝着的必然就是叉燒、燒鴨之類的斬料了。

他們居住的天耀公共屋邨，在暮色裏，邨內路上也是日日出現這樣的風景。

每當父子知道，他們不會等來屬於他們的女人時，對於這些腳步匆匆而過的女人，倍加感到親切。在他們看來，每個女人手裏拎的東西，不論是甚麼東西，都是一份溫暖。是每個女人都會往家裏捎的溫暖。

一個家庭要是沒有了一個女人，會怎樣呢？好像最重要的一部分失去了。

兒子已把飯盒裏的飯餸吃得七七八八了，摸了摸肚皮，把飯盒推給了父親。父親很快就把殘飯，掃進了肚子裏。

父子倆站了起來，準備回家。要是母親正常放工的話，父子也會走到銀座廣場的另一端。那是很多旅遊巴士在路邊停泊的地方，總會看到搭客魚貫落車。要是從旅遊巴士下來的，拖箱帶篋，衣着講究，準是入住就近豪華酒店的旅客。

要是從一些旅遊巴士下來的是衣着簡樸的人，沒箱沒篋，時常只揹了個背包，那也不奇怪，他們都是由旅遊巴士接送上落班的打工仔。

父子在這裏迎接母親放工的日子，都是很美好的日子。夕陽掛在藍天，他們沐浴在斜陽餘暉裏，特別溫暖。縱使生活裏有過怎樣的忐忑難安，有過不知如何度日的驚慌感，每一戶人家，都還會有溫暖快樂的日子。

當然，不幸也會不期而至。父親此時的情況，不就是嗎？

父子走在回家路上。

因為身材高大，父親走路時一瘸一拐的步履更加顯目。父親此時就在想着那天駕駛中港貨車出的意外，心驚膽跳的感覺始終窩在他的心頭。醫生對他說康復至少也得半年，他聽了腦子一片空白。即便他喊着說他有家累呀，又能怎樣？

男人受傷，更加需要女人幫補家計。

此時，夜色把父子倆吞噬了。就像生活進入了陰暗時期，就會把人吞噬。

「爸爸，你不餓嗎？」

「我回家，煮個公仔麵得了。」

「爸爸，你喜歡公仔麵？」

「……」

有一次，李國強在天水圍游泳池外，看到一個壯年男子，大概是在附近做小型工程工人。他拿着一袋麵包在啃着，一個很精壯的男子，要是吃飯，也是可以吃得下好幾碗飯的。

一個做父親的，在天水圍生活，擔子是要更重了點吧。有多重呢？他一直記得這個男人啃麵包時的姿勢。從這個姿勢已足以秤得出生活負荷的重量嗎？

3、

聽說李國強要舉家搬到天水圍，親朋戚友雖都極力掩飾神色，眉宇之間流露的，幾乎都一律相信那是山高水遠被充軍一般的地方，搬去那裏，是不得已的事。差一點要問，就沒有別的辦法了嗎？要是真有人這樣問，也只能回答，確實沒有別的辦法了。有這個地方可去，也很感恩了。

那一天，李國強一上西鐵，一路上就被哀傷、抑鬱、不安情緒籠罩着了。李國強感到最沉重的，是對一家人的內疚之情。是他不出息，才讓一家人充軍了。

搬家的日子，李國強正無暝無日，駕駛着貨車，穿梭於中港。也請不了假。

一家之主不在家，家裏母子只好自己先搬家了。

無暝無日駕駛着貨車？有這個可能嗎？難道是鐵人，還是機械人？

但李國強的感覺確實是這樣。即使是在夢中，李國強也夢見自己駕駛着貨車，被阻塞在路上，承受不了那動也不動、不知何時了結的靜止狀態。

李國強確實不是鐵人，被阻塞在路上，他總想垂下頭來，瞌睡片刻。要說他的人生如夢如幻，那可不是美景，而是描述他睏極時，精神受折磨的迷糊困境。

有時，打雷般的汽笛聲轟進了他的耳朵，驚醒了原來是躺在床上，滿額大汗，這樣的時候，舒了一口氣來最舒服。

有時夢醒，惺忪的睡眼嚇然發現自己真的在路的中央，聽到的就是打雷般的汽笛聲，絕對是催命一般，那時就真的是滿額冷汗。他不知道自己已沉睡了多長時間，也許不過是幾分鐘，睡的時候卻像死去了一般，毫無知覺，是睏極的狀態。只有他才有這樣的本事在路的中央瞌睡？這樣不要命的拚搏人生，也不值得他有個安穩一點的家嗎？

不知他們母子搬到一個全新的家，在剎那間的感覺是怎樣的，是興奮還是徬徨呢？更可能是百感交集？

天水圍是個位置很獨立的新市鎮，四周被廣闊的田野包圍着。要是搭巴士來，經過大片的田野後，突然看到高樓大廈林立，就知道目的地到了。

李國強搭西鐵來，景觀就不同。他在附近有聚星樓的天水圍站下車。出了車站，已經入夜。抬頭一望，已是萬家燈火。天耀公共屋邨就在眼前。

上了通往天耀邨的天橋。轉了幾個彎，很快就進入了天耀邨的範圍內。一路上他不斷問人，這座樓宇在哪個位置，整個心也逐漸地暖了起來。

李國強頗為強烈地感到，這地方所養育出來的人，其純樸溫厚，比起其他地方都有過之而無不及。這也許也是他滿心希望看到的情況。既然是在這裏落戶，以後居住的時間就會很長很長了。

李國強仰望着一座又一座直插夜空的高樓大廈，這些高樓大廈像是毫無節制的生長着。

叫李國強心裏一鬆的是，妻兒見到了他，都亢奮地叫了起來。再怎麼說，都算有個穩定的家了。一個人，不論身在何處，只要心裏有個歸處，就安心得多了，這個歸處就是家。

不必再搬來搬去了。

4、

天水圍使李國強有種真正的滄海桑田的感覺。李國強對天水圍有着很遙遠很遙遠的記憶。

很年輕的時候，已無法記得年輕到哪個歲月，他跟旅行隊到天水圍旅行。只記得在原野上的聚星樓，呈現了田園之美，抬頭就是無邊無際的藍天白雲。

到了上個世紀的九十年代，天水圍已經銳變。那時的輕鐵路軌，剛鋪到天瑞邨對開的路面，向北望，還是空洞洞的一片原野。

而李國強搬遷進來的此刻，輕鐵已經像個救世者，更確切地說，像個主宰者，介入每家每戶的尋常日子裏，也許每個小市民都在想，沒有它，日子會怎麼過呢？

輕鐵路軌就像八爪魚，縱橫交叉在尋常的街道上，像一條繩子，用很精密的綑綁技巧，把小市民日常生活牢牢主宰住了。

站在路口望去，就是一望無邊的輕鐵路軌。當年看到的天瑞邨對開的輕鐵軌道，早已完成了它的延伸。原來天瑞站的下一個站，就是頌富站。

筆直的軌道，駛向頌富站，突然像天龍般抬起頭來，因為頌富站處於一個較高的地帶。就是這一段輕鐵，讓李國強感到輕鐵也有它的磅礴的氣勢。李國強知道，他已從天水圍南，到了天水圍北。他一直以為天水圍的天地很寬敞，特別是因為，天耀邨靠近佔天很廣的天水圍公園，這樣的感覺更深刻。然而到了頌富站，他感到視野有了改變。

確實，迫在眼前的密密麻麻的高樓大廈，驀然叫他生了一種驚心動魄以至窒息的感覺，也許因為窒息而感到驚心動魄。高樓大廈應該代表着繁榮發展，安居樂業。但在天水圍已含有特別的意義。李國強想起了天水圍有個綽號「睡房之城」，很貼切。之所以會把高樓大廈建得密密麻麻，而給人窒息的感覺，是因為天水圍主要功能只為了提供睡房。

密集的高樓大廈意味着密集的人口。裏面就必然住了不少不快樂和不幸的人。天水圍一度發生叫人震動的悲劇，而被稱為「悲情之城」。

5、

孩子的適應能力最強，這個說法有道理。畢竟，孩子沒有大人的種種煩惱。一家人中，最容易融入社區的，就是孩子。這讓李國強放下了心頭大石。大人知道無路可走的危難，再怎樣不得意，都會挺下去。但要是孩子融入不了社區，那該如何是好呢？再找另一個家嗎？李國強已感到有心無力。

孩子興高采烈地談着學校的事，竟然讓李國強聯想到，孩子有種隨遇而安的靈性。只要同學和老師跟以前那麼好，就很高興了。

李國強早就發現了一個更重要的事實，天水圍的孩子天性都很純樸、善良。天水圍原就是個人傑地靈的地方。李國強在那個晚上尋找新居位置的過程中，就察覺到了。一路上，他問過多位穿校服的女學生，她們都彬彬有禮地回答，讓他有種賓至如歸的感覺。這樣有教養，讓他有種愉快並且心安的感覺。

李國強原以為，最快融入社區的，應該是妻子。生活的需要不容她不快速融入。天耀邨是個生活物品基本上可以自足的社區，事實上很多基本機構，譬如郵局，社會福利署，都在這裏落戶。但物價不平。妻子早已走遍了天瑞街市、天盛街市、新北江商場，各個超級市場，甚至遙遠的天秀墟都去過了，當然是為了尋找最平的買餸的地方。

妻子天天接觸的就是最基層的家庭主婦。她們才是天水圍區內真正的代表。接觸她們就等於上了認識天水圍速成班。有一次，妻子喜孜孜地對李國強說：「我今朝逛超市，聽到一個師奶對她的同伴說，她的叻仔已入U讀Law。」妻子說這一番話，臉上頓時綻放的那種異樣的笑逐顏開，李國強既是明白，也感動，也同時歉疚，是一種百味紛陳的感覺。

李國強太了解妻子的心情，因為妻子的心情也是他的心情。妻子在別的家庭主婦身上已實現的希望，看到了自己的未來。

寄託在孩子身上的種種希望，並非奢望。自己居住的這個地方，並不是原先以為的那麼差，甚至可以說是同樣優質的，只要努力，同樣是希望存在的地方呀！

當初他們接到通知，可以在天水圍落戶時，關於孩子的未來，他們都不願多談，見步行步吧。

所以，妻子喜孜孜地說了這番話，背後有着千言萬語，甚至已有了一種釋懷的意味。

跟家庭主婦的接觸日多，妻子也找到了謀生門路。基層家庭主婦，生活模式大同小異。她們可以互通消息，就連那種在困境中掙扎求存的本能、勇氣和勤奮，都是可以互相感染。天水圍是特別的，有着自己的人情世故。

6、

最初一段日子，李國強完全沒有融入社區的機會。就像天水圍絕大多數職業男女，更需要融入的是區外生活。他駕駛着貨車奔走於中港之間，回了家，就抓緊機會，睡得天昏地暗，很少外出。

開始融入社區，是從那一段失業的日子開始。李國強就職的運輸公司倒閉了，他應徵做了一個短時期，接送員工的旅遊巴士司機職位。他由此認識了天水圍小市民的一個最真實的生活畫面。

凌晨三點來鐘，他就必須起床了。接送的地點，右邊是近在咫尺的著名聚星樓，左邊是西鐵天水圍站。這是最佳的接送地點，因為連接各大屋邨的輕鐵巡環線，都是必經天水圍站的。

幽暗裏，早已有幾條人龍，呆若木雞的排着隊。其中一條人龍就是他負責接送的。人龍裏每個人都低垂着頭，好像是睡意未醒，沉默着。這使得凌晨五點來鐘的寧靜，更加寧靜了。

但這種寧靜與鬧市的寧靜不同，是一種田園般的寧靜，只是已聽不到雞啼狗吠。清涼得沁人心肺的空氣也是田園式的。

確實，沿着通往聚星樓的道路一直走下去，很快就會走進一大片保持着鄉村氣息的村屋了。

凌晨的夜色很迷離，從停泊旅遊巴士地點的高處，眺望低窪地帶的村屋，村屋好像是被巨大的天際壓縮在最底部，倍加襯托出無遮無擋的暗藍色天空。昏暗裏的天際似乎也在沉睡。然後光線把它喚醒了。

天際被喚醒後鬼斧神工般的顏色變化，就是它醒後的一舉一動。原來天際就是化妝大師。變幻的色彩是那麼醉人，已是一幅超凡入勝的田園畫了。

古老的聚星樓在田園畫的最底部，跟聚星樓在一起的是一大片綠樹和一大片村屋，田園畫的一部分是熹微裏變得愈來愈瑰麗的天空。

不過，天水圍的生活環境確實變了，再難以有那樣的閒情逸致。李國強總會看到那些略為遲到的，三、四十歲，甚至五、六十歲的婦女員工，狼狽趕路而來，上車時還咬着麵包和喝着清水，一副蓬頭散髮的樣子。即使是講究儀表的保安員，也是在上車後才整理。

生活不能怠慢，這是打工仔都知道的。李國強因為自己的經歷，十分明白，當她們在特別是天寒地凍的黑暗中，掙扎着從暖窩裏起床的時候，一切都是匆忙的。

底層家庭的生活，應該都是如此。

7、

天水圍先天不足。就像一個病嬰的出生。但天水圍人，總有一份很堅韌的生命力。

天水圍的親子方式，叫李國強初時看了，心頭為之一熱，因為比起別的地區來，可說難得一見。

清爽的晨風中，旭日初升，在極具鄉村風味的單車徑上，一個村婦模樣的女子，踩着單車，單車前面坐着一名小女孩，後面就是一個環抱着母親腰肢的小男孩。孩子們都穿着整齊校服。身為母親，天生就有一份叫孩子看了就會很安心的沉着。早晨匆忙間還來不及向孩子交代的事項，仍可以在風馳電掣中完成。就這樣，每一天，孩子都見證了母親的能力、愛心和辛勞。

難得的是，有時還可以看到母親和孩子之間笑語晏晏的畫面，呈現了很原始的母愛之美，比起那些用豪華汽車接送子女上學的富貴人家，豈止多了一份親暱和溫馨，簡直就是一份天然賜予的恩典，跟大自然融化在一起，又豈止是賞心悅目。是身心健康的極致。

到了週末和假日，全套安全裝備穿戴的一家人，各自拖着一輛單車，準備去遠征甚麼地方了。年輕人就別說了，就是年長的人，都染上了一份陽光氣質。

天水圍地方空曠，無遮無擋的地方較多，自然充盈陽光，這一方人也染上陽光氣質，這是得天獨厚的地方。李國強想，他是會受到感染的。

8、

李國強很記得那一天，初次抵達西鐵天水圍站，人潮湧出，就像打開了排洪閘，洪水湧到連接西鐵大樓的幾座天橋，變成了湍急河流。

天水圍人每天到區外工作，以他們的精力、才智、專長，為其他地區的發展而拚搏。然後以辛苦掙來的錢，養活自己生活的社區。

天水圍曾經像初種的樹苗，或一片粗生粗養的小草，顯得很脆弱，但只要它得到了陽光、雨水、空氣，較寬闊的天地，就能茁壯成長，所需要的時間也不長。

一個新市鎮的成熟，就像一個孩子一般，需要等待他的成長。較像樣的醫院、街市、泳池、學校……

天水圍不再是悲情，而是以生氣勃勃的面貌，證明了自己的生命力。

天水圍人表面看來，似乎都有種認命的樣子，其實都是以堅韌的生命力，等待着，等待着天水圍這個他們賴以生存的市鎮成長，等待着孩子成長。那些等待成功的人家，又給大家帶來無限憧憬。

李國強認識了一個叫向太的女人，五十來歲。二十多年來，她就是在天水圍這個地方，生了三女一男。當然二十多年來，過的都是含辛茹苦的日子。但是，最後她成功了。兩個女兒當了醫生，一個女兒當上了中學教師，一個兒子也快要當上了專業人士。

好好活着，就有希望。

李國強到了天水圍落戶，反而更清楚認識了這一點。

有一次，在暮色裏，李國強在銀座廣場看到一名女子，三十來歲，很苗條的身材應該充滿活力。但看她走路的姿勢，有種筋疲力竭的吃力。不過，她仍然面露慈母才有的笑容，因為有個小女孩在她前面，蹦蹦跳跳向前奔去。那是七、八歲小女孩的蹦跳，很輕快，很有活力。母女倆活力的反差很大。李國強看了很感動。說實在的，他也不知道這感動的來歷，但很明顯，他感動了。因為這是一個很美很美的鏡頭。

9、

李國強的腿傷經過一段日子療養，還沒有完全痊癒，心裏卻已有了明確信念，不久就可以企穩腳跟，重新過起雖然要起早摸黑，但因為生計有了着落而安心的日子。這樣的感覺，顯然受到天水圍氣氛的感染了．．儘管先天不足，靠着天水圍人不懈努力，終究也可以成為很有活力的社區。自己是可以站得起來的。

意想不到的是，最黑暗的日子卻降臨了，不但籠罩了他整家人，整個地區都變得暗淡了。

烏雲蓋頂不是悄悄突然而至，確實經了一番山雨欲來的蕭瑟氣氛的鋪排。只不過，雷電交加，烏雲壓頂、狂風呼嘯，暗無天日是在遠方，雖然淒慘的哭號聲，經了媒體傳播，依稀可聞，天水圍依然晴空萬里。也許大家心裏都在想，即便是世紀大海嘯，巨浪哪有可能就湧到這裏來？

病毒的來勢，比起世紀大海嘯更凶猛。有誰會想到，病毒就像千軍萬馬，可以湧到世界每一個角落。

千軍萬馬，個個都絕對像死神，可以獨立作戰，潛伏在每一個人身邊，奪去無數人的生命。

最可怕的是，竟然可以像孫悟空一般，拔一根毫髮，就可以一變百，百變千，這就不是千軍萬馬可以形容的了。

10、

以基層為主，靠勞工輸出謀生的天水圍，正是最尋常的日常生活景觀的改變，最叫人觸目驚心，令人惶恐，因為這意味着每個小市民都受到波及了。

旅遊業進入冰河時期，連帶影響了的幾個重要行業，都是遍野哀鴻。曾經是日夜不分，不斷地停泊在銀座廣場附近的旅遊巴士，已減少很多。

李國強父子再也沒有必要去接母親放工了。時不時看到的廠家招募工人的招貼，不見了。勞工過剩，哪裏還有必要到天水圍來招工！

李國強一家人貌似難得在家裏團聚了，其實變成了哀愁。孩子暫停上課，坐困愁城的意味更濃。他們是屬於一家人正處於奮力向上，爭取好前途的時期的人家，現在突然一切都停頓了下來，別說一鼓作氣了，未免有種惶惶然的感覺。

很多人家境況都差不多。

李國強難以就業了。鬱悶的時候，李國強會到樓下走走。天耀邨平日還算熱鬧的地方，都顯得冷寂。大家都在設法避免疫情。

在一條家庭主婦出外買餸，女學生上學必經之路的走道上，早上十點來鐘，一名穿着無肩汗衫，鬆垮短褲的長者，在通道上走了一半，停了下來，撩起褲腳，拉了一泡看來憋了很久的尿。雖然拉這泡尿經歷的時間很久，卻沒有人經過，究竟是不是這位長者在非常時期的非常做法？

這是發生在不祥時期的異象。就像大自然出現了異象，大天災就要發生了。

疫症期間，老人家更加招人嫌棄了。

李國強到過其他地區的屋邨和公共場所觀察到，也從新聞報道了解到，病患的老人家面對的困境最嚴峻，受的苦也最大。

屋邨公眾地方的長板凳，零零落落坐了些老人家。在這個特別時刻，他們特別惹人注目。

他們有的不戴口罩，有的即使戴了，也戴得歪歪斜斜。那些中年婦女寧願多走些路，也要繞路，避過他們。要是不得不經過他們身邊，都會加速步伐。

似乎已經把他們當作是播毒者了。

這也確是很自然的反應。單看長者的坐姿，已是一副病懨懨的樣子，比起真病人還要迫真，怎能不避之則吉！

實際上，因疫情而死亡的人，大多數是患了慢性病的老人家。

這是疫情初期的情況，大家都叫苦連天。疫情後來嚴重到每日中招人數達到數萬，醫療系統崩潰，死亡人數向一萬關口逼進，證實了老人家是最脆弱的。

11、

餐飲業成了重災區。這個請人最多的服務行業，導致很多人失業。

李國強的腿傷完全痊癒的時候，疫情也已發展到很嚴重的時候。李國強再不能指望按照正常途徑，找到工作了。司機這一行業，本身就是重災區。

跟很多男人的想法一樣，不能整天呆在家中，坐吃山空。最方便找到的是送外賣的工作。這個機遇，讓他更深切了解天水圍的民生，失業者的辛酸，親眼看到了在嚴厲的限聚令下，餐飲業受到嚴重衝擊的境況。

最具震撼效果的，是全城全日禁止堂食法令頒下的那天。

不巧那天下着毛毛細雨，雨勢有時轉大，有種淒風苦雨的味道。中午時分，早已飢腸轆轆的各行各業的勞工，連吃飯的去處都沒有了，只好以各種方式尋找地方，最方便的是隨便蹲在街邊，捧着飯盒扒飯。較為幸運的是附近有個小公園，買了個飯盒到那裏，既可以避雨，又可以填飽肚子。

這原本是戶外體力勞動者日常生活的常態，吃個中午飯通常不會那麼舒服。只不過，同一時間，在港九的十八區，如此眾多的勞工，在淒風苦雨下進食又被空前多的鏡頭捕捉了去，反映出他們的生活境況是如此不堪，好像一個一直隱藏的秘密，突然暴露在眾目睽睽之下，即便是尋常的生活場景，一下子都變得觸目驚心。其實，更多的尋常人家的悲苦，因為不在鏡頭下，不為世人所知，卻是更加擾人。

12、

僅是送外賣這一新的群體，他們的遭遇，已足以叫人感喟，因為他們正是來自各行各業的失業者，大家路上互遇，天涯淪落人的感覺倍增。

叫李國強印象最深刻的，是一個送外賣的步兵。

「步兵」的裝備最原始，更正確的說法應該是毫無裝備。他們只是徒手拎着飯盒或其他食品，是最辛苦的一種送外賣方式。由此可見，要當「步兵」，家裏的經濟狀況是如何困迫了。

七、八月，是這座都市的雨季。要是「步兵」雙手都要拎着外賣食物，就不可能帶雨具了。

李國強路上遇上的一個「步兵」，正遇上這種苦況。不知是不是老天爺覺得這位卑微的送外賣「步兵」，竟然敢輕視他，雨傘也不帶一把，就變臉了嗎？陰暗的天空落下的毛毛雨，愈落愈大，愈密集。

也許合該這位「步兵」倒楣，在漸密的雨勢中，他手提的裝着食物的白色塑膠袋突然斷了。更叫這位「步兵」倒楣的是，白色塑膠袋裏裝着的食物，是用紙袋包着的。紙袋經不起雨淋，因而，當白色塑膠袋突然斷了，落地的時候，紙袋裏的食物也散開了。

「步兵」束手無策而又不安的神色，在剎那間完全把李國強的情緒都牽動了。

13、

有天晚上，李國強送完外賣，累極了，不想立即回家，就到天水圍公園走走，不覺就在長板凳坐了下來。他從未如此環視四周的高樓大廈，不少是屏風樓。

原來，此時，屏風樓裏每家每戶都亮着的燈火，竟像是煙花綻放，從未有過的璀璨。

在濃烈的矇矓睡意中，李國強發現心裏竟然在祈禱着：燈火，不要那麼齊整，不要那麼燦爛，逐漸減少吧，恢復到以往的樣子最好。

以前不是這麼燦爛。能夠這麼璀璨，只能說明很多人賦閒在家。

李國強累極了，無力再想，一夜酣睡竟然一直到了快要破曉時分，還不是他自己醒來的。有人搖着他的身體，力度愈來愈大，他睜開眼睛，眼前站着一個老婆婆。她說：「我看你已睡了好長時間，一動也不動，連轉個身也沒有，睡在這麼不舒服的地方，還睡得這麼沉，我害怕你是不是有甚麼事，所以把你搖醒。」

李國強露出苦笑，向阿婆說聲謝謝，有心。

夜。

他舉目四望，睡意未消。他感到似乎到了一個陌生的地方，他從未在公園裏過

他只記得，未睡之前，燈火很璀璨，現在卻是幽暗一片。

神智逐漸恢復，李國強明白了，依然在原來的地方，只是睡了不知多長時間，醒來時，時間不同了。

對於凌晨時分，李國強是熟悉的。他總是在凌晨時分起床，天耀邨跟其他地方一樣，在正常的凌晨時分，早已至少有一半燈火亮着了。這些人家，有人在忙於洗面刷牙，吃早餐。忙着返工了。

現在，凌晨時分，少了很多燈火亮着，說明很多人不必返工了。

現在，李國強看着周邊的高樓大廈，想着一個問題，有多少幸運者是在家工作，有多少不幸者是失業，賦閒在家呢？

李國強無法從窗口分辨得出來。

在這特別時代，當晚上七、八點鐘的燈火璀璨時，並不代表幸福的萬家燈火，因為很多人失業，賦閒在家了。在正常的時候，很多人還沒有放工哩。住在天水圍，放

工回家的路，比起其他地區都要長。

窗口裏面的燈火，反映很多人家的心事，大概有不少悲涼的故事。而當凌晨時分燈火黑暗，悲涼成分也許更濃了。因為燈火黑暗，表示他們不必那麼早就起床刷牙洗臉。

高樓大廈住的都是尋常人家。尋常人家裏有人失了業，都會引起愁緒。不論是光與暗，都可以觸動人的愁緒。

就是這樣，在失業的日子裏，燈火愈璀璨，心裏竟然有種愈悲涼的感覺。

14、

疫情在最高峰時候，每日超過五萬人確診，死亡人數逼近一萬。李國強親睹的種種景況，都不算是甚麼了。

圓與缺

人的生命，就像月亮，有着圓與缺的循環。

1、

絕對稱得上是老區的北角，有兩個歷史悠久的渡輪碼頭，一個通往紅磡和九龍城，一個通往官塘。這些區域，尤其是官塘，都有過很大型的工業區。

在交通不便，勞工密集工業全盛時期，北角兩個渡輪碼頭早晚必然都是人頭湧湧，繁盛場面記錄了一個時代，是區內最珍貴的集體回憶之一。

老一輩的人經歷過起早摸黑的日子，而記憶猶新，全因這兩個渡輪碼頭猶在。昔日艱難日子不可能是舒坦的，反而處處都有着苦楚的印記。然而事過境遷，經歷者想了起來，種種苦澀裏，還能找到絲絲甜味，勾起的濃情厚意，含有感恩，甚至還有眷戀！

僅是渡海輪，回憶時仍感到暖意。

女工們加班加點到了三更半夜，還有最後一班渡輪，像母親一般體貼，載着她們疲累的身軀回家。渡輪停泊在碼頭時，跟木樁輕輕相碰，發出的，在深夜特別清晰的聲響，像一聲歎息，也像一聲問好，夾雜着輕輕的浪聲，特別溫柔，聽到夜歸人的耳裏，像得到了慰藉的溫暖。

也有女工睏極，而在渡輪上短暫假瞌，就是靠着渡海輪輕輕一碰，把她們輕輕喚醒。她們突然之間睜開眼睛，恢復神智，眼角也許就在此刻，偷空滲出點淚水。一天過去了，但新的同樣忙碌的一天，已近在眼前。

她們全然明白，謙卑的生命，原本應該就是如此。沒有甚麼疼惜你們，只有渡輪還願意盡了點棉力。因為渡輪日日夜夜，目睹了她們的辛勞苦楚不免生了憐憫之心。

2、

這裏要記述的，倒不是這些歷史，而是兩個渡輪碼頭之間的那塊頗大的空地。渡輪碼頭即便盛極而衰，空地並沒有縮小，反而加建了鐵架篷篷，讓行人可以遮風擋雨。沿着海岸線，加裝了不少長板凳。空地經了一番不刻意的建設，明顯有了公園才會有的設施和氛圍，始終都沒有冠以任何新的名稱，譬如說「碼頭公園」之類，大家就只當它是公眾地方。

不過，比起區內號稱「海濱公園」的休憩處，碼頭倒更受歡迎，遊人不絕。來釣魚的，來閒坐的，買了飯盒來進餐的，來吹水的，都有。

昔日忙碌的女工，到了晚年，大多換了角色，黃昏時，帶着小孫兒女，來空地散步，變成了另一種日常風景，基本色調是悠閒和慈祥。

最叫人津津樂道的，還是空地上曾經出現的「生命的圓圈」，即便後來消失了，在人們的記憶裏卻像在心中豎立個紀念碑，詮釋着一種生命的形態。它既是詮釋了渡輪碼頭盛極而衰的生命形態，也在詮釋着一個人，無法避免會出現的一種生命形態。

3、

「生命的圓圈」是在甚麼時候形成的?似乎已經無可稽考了。

一個傳播得最廣泛的說法，頗有傳奇意味：一個冬日午後，一名女子臨窗，想欣賞陽光下的維多利亞海港，不料，首先進入眼簾的，卻是空地上一個圓圈，像一個吹脹的氣球的橫切面，熠熠生輝。後來這名女子看清楚了，這個圓圈，是由一個又一個頭髮已脫光的頭顱組成的。這些頭顱圍在一起，原本應該是更加強烈突顯頹靡衰敗之象。可是這名女子乍看之下，卻又覺得，圍成圓圈的頭顱，在冬陽照耀下，像是一個又一個的火爐，燃燒着強旺的生命之火。這名女子面對着這個奇妙圓圈，不覺發獃了好一陣子。

後來這件事傳開了，很多人也臨窗觀看，竟也覺得是個賞心悅目的奇觀。

4、

「生命的圓圈」是怎樣形成的呢？也許最初不過是兩、三知己，隨便拿着可以坐坐的東西，坐在一起，毫無拘束聊天。反正碼頭區有着這樣的自由自在的氛圍。

慢慢地，就有寂寞的、渴望聊天的老人家加了進來。首先是圍坐的形式吸引了他們。在繁華的現代都市，已很少見到在公眾地方，圍成一個圈子聊天了。地小人多，很少有這樣大的空地。而且，圍坐是老式的。老人家一看見，早已有了重拾消失了的溫馨的感覺。

誰想加入圈子，隨時都可以，無任歡迎。

當初，圍坐者並非真的有意形成甚麼，只是隨意由它發展。

在亞熱帶地方，沒有甚麼圍爐取暖的必要，這些圍坐者的圍爐就不是傳統意義上的那種取暖，而是精神上的取暖。

當然，冬日裏，取暖也是有的，溫暖的陽光為他們提供了最適度的暖氣。日間吸收了陽光，到了晚上，氣溫驟降，縮在被窩裏，似乎多了點暖氣。

任憑哪個老人家加入，就很難再離開了。成了習慣，每天都來，可以排解無限的寂寞。

老人家發現，可以用來圍坐的東西不難找到。附近就是政府的垃圾收集站。時不時會有哪戶人家，把家裏容納不了，依然很新很淨的傢具丟到站外。除了不同種類的坐椅外，還有梳發等物品。惜物的老人家不忍心把它們送到堆填區，拾了回來。放在碼頭區的欄杆旁邊，也不妨礙誰。

日子久了，逐漸就養成了習慣，誰到了，就往那邊拿了一張椅子過來，在逐漸形成的圓圈，填補自己的那一點空位。

就像一個又一個的有着空心的圓點，鬆散地扣在一起，一個圓圈終於湊成了。難得一見的壯觀場面！多達三、四十人同時圍坐在一起，哪是怎樣的一種景觀！

從碼頭出來的人，只要是初次見到，都要向他們投以驚異的目光，也許因了他們集體所散發出來的那份很陌生的悠閒，一份在午後懶洋洋的氣氛裏，集體流露出來的溫煦的笑意，這樣的愜意，在職場已不易找到。寂寞老人能夠如此過日子，在職者能夠想像得到嗎？

那種感覺，也許就像在街邊攤檔，竟然真的可以吃到燕窩魚翅，美味得令人驚異。

聚會的時間，通常是在午後，吃過午飯後。特別是在盛夏，在家裏太悶熱了，很難呆得住，又想起碼頭的種種好處，就從家裏溜了出來。

盛夏的日子，圍坐就要移師到有遮蔭的地方了。地方沒有那麼寬敞，會侷促些。不過，當清涼的風從海上習習吹來時，卻絕對不是在家裏可以享受到的。

5、

圓圈壯大的時候，氣氛就很熱鬧了。

每個老人，每人一句，把話題略為發揮一下，就已可以把悠長的下午，填得滿滿的。

老人家要是都精神充沛，此起彼落的蒼老笑聲，竟然可以給路人一種近乎洪亮的感覺。

人多，氣氛熱哄哄的，固然好，不好之處也同樣明顯。

人多，圍起來的圓圈就大了，互相之間的距離也就大了。老人家的聲音有時聽起來似是洪亮，其實已經普遍中氣不足。開頭的時候，也許還能說幾句「中聽」的話，很快就無以為繼了。近一點的人聽得到，遠一點的人，也只能看見嘴巴在動而已。年紀特別大的，說起話來，就更加喃喃自語似的。

大家都知道這是不可避免的，人老了都是這樣。

但老人家都知道尊重的重要性，而且人老了，心境也平和，很有耐心。所以，即使聽不清楚，甚至聽不到，也始終保持一副恭聽的樣子，還會以欣賞的神情，不斷點頭。這是老人家待人接物的準則。

話題不可避免地，愈來愈聚焦在日常養生上，疾病的預防方法上。要是有人中風了，一定會集中議論中風的原因，大家傳授經驗，最好喝些甚麼湯水，日常生活注意甚麼事項。最困擾老人家的，三高莫屬。都一把年紀了，你說沒有，不是騙人嗎？

無論談甚麼，都有點亡羊補牢的意味了，但談到一些細節，仍然是很熱烈的。日復一日，有了這些老話題，都已十分足夠談資了。

他們確實有種很強烈的意願，要用共同的智慧，來盡量延長他們的聚會時間和次數。誰都明白了，這樣的聚會要持久，每個人都需要保持健康。

6、

圓圈不斷擴大的時候很壯觀，好像生命的活力是無窮無盡的。
圍起來的圓圈逐漸縮小，就像月亮的圓缺，同樣是無可避免的事。
原本鬆散相扣的圓圈，其中一個突然像肥皂泡那樣脆弱的爆破了，這也是很理所應當的事。因為脆弱，就是老人家的特質。

老人家組成的這個圓圈，不是鐵鍊，而是由肥皂泡沫串起來的。

要是大家眼見一個人初來時還能說幾句中氣十足的話，隔了一段時間，變得愈來愈口齒不清，大家心底裏也就有了心理準備了。歲月催人呀！此情此景下，這種感覺就更加濃烈了。

不過，此情此景，勾起老人家的另一番心情，同樣濃烈。當大家發現某個人說話愈來愈含糊，就會感到他的每句話更加珍貴了，隨時都可能再也聽不到他的聲音了。要是他說的只是些閒話，大家照例假裝聽清楚，不斷體貼地點點頭。要是在旁的人聽出了他所說的話比較重要，或是在說話中傳遞了些甚麼較重要的訊息，就會幫忙傳達，把他的意思說得清楚些。

這種體貼，衍生出來的效果很顯著。並不是單單對某個人的體貼。大家都明白，這種體貼是一種心意，而這種很純樸的集體心意，是可以給人帶來溫暖的。處於社會邊緣的老人家不容易得到關愛。咱們老人家就互相取暖。

某個人來參加聚會，非常熱心，每天必到，突然變得斷斷續續，並不是代表他不再熱心，而是有心無力。

時不時，肯定有人會轉述某些熟人的病況，一病不起，飽受病痛的折磨，真是叫人聽了驚心膽跳的。心裏立即聯想到，這就是自己很快就要面對的未來？病魔一旦抓住了你，年老力衰，就無法逃避了。要是病人的一生歷盡艱辛，晚年又飽受病痛的折磨，就會召來大家的唏噓。幾乎每個老人家都有個意願，千萬不要長年累月躺在病榻上，折磨了自己，連累了家人。

平時大家都不願意提到的駭人聽聞的社會新聞，有時也會面色灰暗的談了幾句。有哪個護老院，又有了虐老的事件出現了。想到自己確確實實有可能入住老人院，有被虐待的危機，聽到圓圈裏，某個依然很有血性的老人家在憤怒譴責，只默默坐着，少有出聲聲援。

因為強烈的無力感完全籠罩着自己。一個人老了，凡事都只能任由他人擺佈，永遠都沒有翻身的機會。人生的結局如此，是悲涼不過的事。

誰都明白，會熱心到這裏聚會的，有哪幾個是真正富貴過的呢？富貴的人不會到這裏來。金錢會支撐他們過另外一種生活。

同聲同氣的人，才會聚在一起。但這不就是極大的福氣嗎？有緣才會聚在一起。形成這個圓圈的人，只要有能力，都盡量會來。

7、

有些老人家來參加聚會，一舉一動，展示了不可思議的生命力。這是大家最願意看到的。這是對別人的祝福，也為自己加添了正能量。

有的老人家，僅從外貌來看，已知是脆弱不堪，所表現出來的舉止，全把脆弱表露無遺，卻絕不會對脆弱屈服。這是對既定的命運的抗拒吧！老人家不可能有甚麼激烈的大動作，但正是那些細微的、艱難無力的，對健全人來說不費吹灰之力的動作，使老人家的意志力顯得更加突出，甚至給了人驚心動魄的感覺。

你看，這個老人家巍顫顫走了過來了。他為了讓身體得到足夠的支撐，走路時雙腿成了內八字的樣子，每邁一步都力謀穩固，卻是叫人一看就知道他走得很費力。看見了他來，早就有人連忙起身為他張羅一張坐着較舒服的椅子來，扶着他坐下來。

有個時期不見他來了，也打聽不到他的近況，大家心裏就感到了不會有好事。一個人無聲無息地離去，跟一隻螞蟻的消失就沒有甚麼差別了。但是突然之間，他又出現在大家的視野之內了。還是內八字腳，卻需要菲傭像衛士那樣，時刻守護在身邊了。

但他的臉上沒有絲毫沮喪的神色，笑容看似更燦爛了，在這些跟他相處過的老人眼裏，他此時容光煥發的樣子真的不可思議。追問近況，卻是輕描淡寫，說是染上一點小病。

8、

人的生死次序，並非有個甚麼標準規律。有些人的外表看起來不是已經虛弱不堪了嗎？卻奇蹟般的繼續生存了下來。有的分明還健朗，卻是突然之間就去了。

生命的無常，也不是一般人可以捉摸到的。這就是人生的奧妙。以下的情況，是時有發生的。

大家都坐定了，某人環顧了一下，就會問，怎麼某某還沒有來？這個某某，是來得最熱心的。因而，他如果缺席，就備受注意。

異常熱心出席的人，通常都有個特點，最喜歡說話。常常，談話就以他為中心，談個不停。逐漸的，圓圈就有點依靠他了。他也當仁不讓，他就喜歡這樣，製造話題。然而一旦他不在，就好像失去了主心骨，這個圓圈失去了焦點，大家就有點不自在了。

圓圈的人議論着某某人，對他最近不來感到疑惑，正在此時，一個偶然路過的長者，聽到了，突然拋下了一句，某某嗎？你們還不知道？他在幾天前傍晚去世了。閒聞的一句話，造成的震驚，恍如有枚炸彈突然拋進這個圓圈裏，大家都給炸得失了魂魄。

根本就看不出有任何跡象。他是一個在身體上體現最少老態的人，人又樂觀，少說他還能活上二、三十年。怎樣說去就去了！

大家就立即拉住這個拋下炸彈的人，有人趕快過去拉了一張椅子來，要他坐下來，認為他有責任把這件事說個一清二楚，不然就不會放他走。

原本以為大家天天見面，對他的情況是大家最熟悉的了，怎麼有關他的最後消息，要由一個陌生人來告知？

這個人既然願意把這個不幸消息告訴大家，就坐下來，把他所知道的事情一五一十地說了出來，大家都默然了。這往往是他們最傷感的時候，對於生死，就多了一份敬畏。一時之間，只覺得一切都不是自己可以掌控的。

9、

圓圈的縮小是必然的事，就像一個人老去，身體也必然在縮小。老人家的聚會，就像在上人生的最後一堂課，學習人生走向終點的過程中，如何應對。原來人生最艱深的學問是「放下」、「看透」，少一點智慧都不行。

人生尾站的學習原來最不容易，很有智慧的人，到了此刻，情緒竟都不免受到衝擊。不過，人生歷練還是幫助了他們，不論學習得快或慢，總也學會如何淡定從容應對。

老人家組成的圓圈，在慢慢地消逝，這座都市也失去一個很有特色的圓圈。人情日漸冷漠的都市，再也沒有其他圓圈可以替補這個曾經煥發着溫馨的圓圈了。正像很多好東西，都要消失的，而且來不及歎息一聲，加以憑弔。

10、

會不會有人提出這樣一個問題？曾經有一批老人家，每天都在共同努力去完成一個圓圈的圖案，這代表着甚麼呢？是在表達不論他們的人生有過怎樣的境況，人生都算是完美了，抑或是表達他們即使人生有過很多遺憾，也要在人生尾段，共同為自己的人生劃上完美的句號？

無論如何，組成這樣的生命圓圈，都是件美麗的事。

多兩歲的煩惱

基層女工年紀多兩歲的差別，造成了一種別人難以理解的一生煩惱。

1、

因為做了一件並不算是甚麼重大的事，潘麗華的一生卻為之懊惱了無數回，為此她不時自責，做出這樣的事，是再愚蠢不過的了。

然而冷靜地想一想，當初犯了這樣的錯誤，始終是難免的，卻已無法打發掉心中的疙瘩。

潘麗華是知道自己在哪個月和哪個日子出生，就是說不清是在哪個年頭出生。

當年從鄉下移居到這座都市，倉促間去申請身分證。移民官問她是在哪一年出生的，她默了半晌。

在鄉下，有誰會得閒到問你這個問題？阿媽也沒有告訴她，自然答不出來。倒是生日，縱使不會有甚麼慶祝，阿媽總會煮一碗生日麵線，加上兩隻雞蛋給她當早餐吃。這是潘麗華的童年大事，吃的生日麵線多了，自然把自己哪個月和哪個日子出生，記得牢牢的。

不耐煩的移民官問不出頭緒，改了問題，問她的歲數，這一回她立即懂得報上來，鬆了一口氣。但煩惱也同時種下了。

潘麗華報上來的是虛歲，不是實歲。鄉下人的習俗，嬰兒呱呱墜地，就先給嬰兒兩歲。

潘麗華知道，在城市，不足齡的窮家孩子去工廠打工，要報大歲數，工廠才敢收留。

但她報大歲數的時候，已年過四十。年過四十還報大歲數，不是瘋了嗎？當時為甚麼不向移民官說明一下？這是鄉下人的習俗？

當時只一心急着想拿到身分證，哪裏懂得考慮這麼多。

之後，與實際年紀相差的兩歲，就一直使潘麗華耿耿於懷，特別是每次要見工的時候。

一個年紀已大的人，還要報大兩歲，就像朝着衰老，多跨了兩大步。她揪心的是，每次搵工，身分證是必不可少的。白紙黑字印在身分證上的，自己報上去的年紀，每一回都給了她痛心的感覺。

正好應了那句「苦老冇苦窮」（註：苦，擔憂之意。）。

捱苦已叫人容易見老，還要報多兩歲！

她時常苦着臉對人說，不比鄉下，在這個有的是工作機會的都市，貧窮哪裏足懼？擔憂的是年老。而當她知道自己同鄉姊妹懂得報少幾歲，她更加哀歎自己的愚蠢了。

一來到這座都市就加入廉價勞工行列。做的都是粗活。幸好生來就是勤勉的人，搵兩餐是難不倒她們這一代女子的。

當時勞工密集工業的兩大主柱，分別是五金和製衣。

最初，她們這一代女子做的是五金。她們從簡陋的工廠拿着一袋又一袋的五金手工回家做。為戒指鑲嵌上塑膠珠子，或串起顏色繽紛的珠子，作為頸鏈，等等。日做夜做，也不明白怎麼會有這麼大的銷量。

僅是這些不起眼的戒指和頸鏈，已是富貴人家的寶貝，可以想像當年的貧窮。後來真正可以代表五金的，是電子行業，卻已是眼明手快的女孩子的天下。但她們這一代女子並非沒有出路，有機會加入製衣業大軍。製衣業適合她們，一是她們有着女性天生的縫紉的本領，二是相對於輕巧的五金業，製衣業是比較粗重的工作。她們被安排在流水作業的位置上，日忙夜忙。女工在流水作業位置上的操作速度，就像在進行着一場無止境的比賽，監工就是裁判。這樣的比賽進行了十幾年。

無論是五金或是製衣，怎麼後來就慢慢地式微了，這樣的經濟規律，低微的女工是無從知道的。

安分守己的人遇上厄運，最是無可奈何！拿着身分證到處去謀事碰機會，就是這麼一回事。

潘麗華已是五十多歲的人了，活力的痕跡，幾近蕩然無存，還得一次又一次的去求職，一次又一次的看着職員查看她的身分證時皺眉的神情，心都冷了半截。她的心跳，好像只為了搵工時而設，沒有了心跳加速的感覺，就意味着窒息而死了。

不但不懂得報少幾歲，還報多了兩歲，天下最愚蠢的人，應該數到她了。

潘麗華也曾考慮去幫傭，然而她知道，她的體力已衰竭到她無法應付這類工作的程度。幹其他工作還可以。只是，只要工作要求她俯身彎腰低頭幹活，就會頭暈眼花噁心，縱有勤奮的性格，也奈何不了日漸衰弱下去的身子。

之後潘麗華就經常為自己而浮躁。年紀平白多了兩歲，更加重了心理上的陰影，於是她更加經常苦着臉對人說：「苦老冇苦窮呀！」

貧窮似乎是與生俱來的，而可以依恃的體力，卻又逐漸的讓位給老，於心理上怎會好過？

再找到的工作沒有必要付出大的體力，卻需要另一種她同樣付不起的精力，做啤工這一行，需要極大的精力，卻要欠缺精力的有了年紀的人去做。

最要命的是，在製衣廠工作十幾年間，像蝸牛一般慢慢地多了起來的人工，在換了新的工作環境後，又跌到作為一個女工人工的最低點。

那時哪有甚麼最低工資！她當然沒有絲毫議薪能力，只好任由宰割。她有的是毅力，和一份使人不禁要為她抱不平的善良和溫順，她不知道世上有不公道這樣的事情，她只知道，只要肯付出勞力，總可以搵到兩餐的。

生活裏的不順心是必然的，只要不那麼叫人難受就很感恩了。最初一段時間，工作中連續出了幾次工傷，手指頭被啤機軋得血肉模糊。固然是不習慣的緣故，但她明白更重要的原因，衰老引起了反應緩慢。這樣一來，既要承受皮肉上的痛苦，又要擔心老闆嫌她老了。

歲月畢竟還是那麼蒼白地流逝過去。在沒有人注意的一個小角落，在單調的啤機聲中，她向自己精力的極限挑戰。到了下午，眼皮都睜不開了，疲累已極，睡魔向她張牙舞爪，這種總是迫到臨界點的折磨，難以言喻。在意識模糊中，仍能操作啤機，算得上是工多藝熟嗎？雖然年邁，收工時，把啤過的元件過磅，也不輸給人家。與其說是精力，不如說就是意志力把她支撐了起來。

最後，連意志力也無法把她支撐起來了。一天黃昏，突然來了一陣天昏地暗，就暈厥了過去，砰地一聲倒在地上。工友們七手八腳把她扶了起來。把她送了醫院，經了診斷證實是患上糖尿病，難以治療的老人病。

其實何止是糖尿病，各種老人會有的慢性病，她都有了。對於衰老，她首次有了個很清楚的概念。

2、

福利署職員查看她的身分證，露着疑惑的神情瞪着她時，幾十年來在內心建立起來的信心，突然像雪崩一般，在剎那間崩潰了。一時間倒真的懷疑當年是不是真的把年紀報多了兩歲。

你要欺騙政府嗎？提前兩年就來申請老人津貼？福利署職員瞪着她的眼睛，就像要在她的身上找出破綻。

一生老老實實的潘麗華心裏忐忑不安，想着，幾十年來辛勞帶來的衰老，還不能把兩歲的距離，拉得很模糊嗎？人非樹木，絕不能憑着年輪，推算出她的年紀。她臉上斑駁的皺紋，已可以說服很多人。她的人顯得很蒼老，這是再明顯不過的事，福利署職員的疑惑，應該是出於職業上的慣性吧！更有可能是，出於她自己的心理壓力。

老實的老人家就是有這麼的心理特點。

原來，在不同地方，對年老這件事，就有不同的擔憂。見工時，擔心自己見老。申請老人津貼時，又擔心自己不見老。

這是不是一個捱了幾十年的底層女工的悲哀？

原來，福利署職員的疑惑，還是出於那個問題。

「到底是哪一年出生的呢？」終於像是憋不住似的，福利署職員這樣問。

再次聽到這樣的問話，當年移民官問她的神情，又歷歷如新出現在她眼前。其間原來也有三十年的距離了，歲月流逝得如此蒼白，毫無色彩，沒有甚麼值得記起的事，只記得很累，很苦。然後呢？只有當年面對移民官的惶恐之心，記憶猶新。

「身分證上不是已寫明了嗎？」潘麗華小聲回着，竟像有點心虛。

福利署職員默默地點了點頭，卻又突然抬起頭來，對她說：「有些老人家說，申請身分證時報小了幾歲，結果遲了幾年才能申請老人生活津貼。你是不是也報小了幾歲？你看來比身分證上的年紀還老邁。」

福利署職員說完，對她笑了笑。潘麗華聽了，釋懷了。原來只為了這個原因。

確實，縱使報多了兩歲，也沒有甚麼值得慚愧，日子沒有風光過，都是自力更生活過來的，不是最體面的一件事嗎？她突然感到自己的衰老，是長年勞碌造成，而有一份從未有過的自豪。她現在站在福利署裏申請老人津貼，絲毫都無愧於心。

實實在在印在身分證上的歲數，是她心理上的瘤，折磨了她大半生。

度過了一大段坎坷日子，驀然回首，醒悟到一個連自己的出生年份也說不出來，甚至說錯了歲數的人，在人生路上是注定要吃盡苦頭的，「活該如此」的想法當然叫人不好受。

這時她看着福利署年輕職員，輕輕歎息了一下。這個年輕人肯定不會了解自己的心情。

一個失去了謀生能力又沒有甚麼積蓄的老人，就需要社會回饋。很微不足道的回饋，依然只能過着節衣縮食的日子。

職員再問了幾個必要而不難回答的問題，對她說有信通知她，回家等吧。

3、

從福利署出來，薄薄的暮色已籠罩在這座都市了。她走了一大段路，只見有一大群人，正急匆匆地向碼頭方向走去。放工的時候了嗎？不消多久，從工廠、寫字樓、各個工作場所，湧出來的人就會更多了。

很多年來，她就是其中的一員，沒有了她，這個世界依然是這麼熱鬧，只是感覺有點不同，只感到熱鬧和擠迫很過分。她已適應不了，她的腳伐已經跟不上了。

原來退休就是這樣。

快沉下海的夕陽，把海面和天邊染成一片金黃色，她想着等第一次領到老人津貼，得買一架玩具車給孫兒玩玩。

多了兩歲的煩惱，到了她的這個人生階段，卸下了，再也困擾不了她了。只有這件事，潘麗華才解脫一般地快樂了好一陣。

大約過了半個月，果然接到了福利署的來信。已批准了她的申請，老人津貼每個月都會自動轉帳到她的銀行戶口裏。

兒子把短短的信，一句一句唸給她聽。她仔細聽着，眼角已閃着淚花。無數次的懊惱轉化為一次興奮，再沒有甚麼比這更突顯了她的謙卑。

想一想，就為了兩歲差距這樣微小的事情，真真正正為之懊惱了幾十年，真有點可笑。這是一個很低微的人才會有的心境寫照。

感情篇

毋忘我

素淡與鮮豔，都可以在它們的位置上煥發光彩。

李太太喜歡花，所以，也就會買花。不過，只限於應節，不會每逢生日或結婚紀念日就買花。李太太和李先生很恩愛，卻都很低調含蓄，不善於用獻花這樣浪漫的實際行動來表示心中情，買花就幾乎成了農曆新年一年一度的活動，買些鮮花賀歲。買的大多是大紅大紫的花種：菊花、劍蘭、桃花、紫羅蘭、茉莉……有種隨俗的意思。花種不多，卻也把很狹窄的小窗台，裝飾得像個小花市般熱鬧。

再怎樣低調，偶然趁熱鬧一下總是好的。

李太太後來怎麼會想到把毋忘我也買了回來呢？也許是李先生那句點到即止的輕輕的話。

「你也不是高調的人，怎麼買回來的花，全都是大紅大紫的呢？」

李太太不防丈夫有此一問，急切間，自我打趣說：「不是說跟紅頂白嗎？做人的本能就是這樣！」也不理會是否比喻得恰當。

後來李太太買年花，就把毋忘我也買回家了。不過是聊備一格，新年總是要大紅大紫的好，討個吉利也要這樣。

但買毋忘我，也不是胡亂買的。

李太太買毋忘我時，曾為這個花名心動過。她感到為這個花種起花名的人很有心思，通透世情：我雖低調，但是毋忘我呀！

世人喜歡顯赫的脾性，實屬常情。即使是毋忘我懇請毋忘我，還是總讓世人忽略。當然也不能因為這樣，就一口咬定，說人是愛趨炎附勢的動物。

在鮮豔的花種的映襯下，毋忘我真的連個配角都當不上。世間萬物，凡是能以奔放的熱情，為人世間帶來喜氣洋洋的氛圍，總是受到特別喜愛的。這都在情理之內。

毋忘我不惹人注目，這是受到她的外貌和性格所限。其實太內斂了，憐花的人倒會為毋忘我設計符合她的性格的潛台詞：「我有甚麼好處，值得您來望我一眼呢？」

插花人基於毋忘我本身的條件，都會把她安置於非常次要的位置上。這就像人世間各種盛大場合，愈是冠蓋雲集，愈是要把權貴的排座次，安排得分毫不差，這是頭等大事，馬虎不得。

因此，偌大的花瓶裏，煙花綻放般的鮮花，撐起了場面，那是當仁不讓。

李太太第一次買毋忘我回來，在花瓶裏插着鮮花的時候，也作這樣的安排。李先生最初只在旁邊饒有趣味地看着，最後卻化為無限的感歎：「作為眾花中最不起眼的一員，別人是風光無限，毋忘我的感覺會是怎樣？自憐？暗自神傷？濃得化不開的寂寞？毋忘我可以做到甘於寂寞嗎？要是能甘於寂寞，一定是很有自知之明的。」

以人的角度來看花，以符合世情的方式來安排毋忘我的位置，一切就都變得很合情合理了。

一個人之所以是人微言輕，當然是因為在別人眼中，自己的能耐很微小，是可以被冷落的，被安置在小小的隱蔽角落，非常合理。

在世人眼中，毋忘我連本身的顏色都要顯示自己是多麼微不足道，那樣一種謙卑的情懷，表露無遺，叫人倍加憐惜。不是嗎？紫和藍這樣的花色，都是屬於不張揚的，這就讓毋忘我更加不顯眼了。

人類呢？一群人對另一群人位置的安排，做法就更加淋漓盡致了。盛大慶典，冠蓋雲集，路上早已水馬障礙物處處，把不相干的人隔開得遠遠的。

這一年，因為添了毋忘我，花瓶裏的年花格外受到了李氏夫婦的留意。也許是因為，尊者和卑者，共存於花瓶裏。這是從來未曾有過的。是否因此而添了視覺的新鮮感？

特別是李先生。這一年，素來不太愛好觀賞年花的李先生，觀賞年花的次數多了。

是不是以往大紅大紫的花太多，未免太豔俗了，所以他嫌棄了？

有這個可能。李太太還發現，李先生專挑被壓在最低層的毋忘我來觀賞。

不但觀賞，李先生還有驚喜的發現。

因為李先生喜孜孜地對李太太說，要是湊近，不看別的花朵，只專注看一看毋忘我，她獨特的美，真的可以讓欣賞她的人，生了一種近乎震撼的感覺。

也許，有這樣的感覺，在很大程度上，是因為意想不到，毋忘我竟然有這種淡然之美，而讓震撼感覺放大了吧。

毋忘我擁有自己完美的世界。她讓欣賞她的人，感到她有自信，堅信自己的價值。

李先生想，原來毋忘我的懾人魅力，是以另一種方式呈現出來：淡定，與世無爭。絕不消極，一副不卑不亢。這樣的美德，輕易可以做到的嗎？而且是跟尊貴者相處在一起呀！

只要細心觀賞，毋忘我的好處很明顯。

毋忘我發出的光芒不會叫人疲累，也許可以說，反而起了種叫人心情平和的作用。面對着她，她似乎可以跟你輕言細語，溫馨而體貼。

人世間，有甚麼是類似的呢？怎麼沒有？不就是人嗎？李先生遇過很內斂的人，很低調，但做事很扎實，很體貼人，可惜總被人忽視了。

可幸的是，大自然是公平的，更妙的是，大自然的規律，是不能違拗的。違拗大自然的規律，是件無法想像的事。

就是這樣，大自然沒有忘記給毋忘我安排了一個還算公道的位置。毋忘我雖然不顯赫，大自然也讓她有個表現的機會。

農曆新年氣氛日淡的時候，年花也開始凋謝了。李太太開始把謝了的花朵逐一收起。凋謝了的花朵跟美人遲暮一樣，再盛開的大紅大紫的花朵都頹靡得低垂了下來，全沒有了神采，大紅大紫的花朵最容易凋謝。應該是，大紅大紫的熱情太奔放了，生命力也耗盡得太快。

到了最後，僅剩下毋忘我。

李先生望着毋忘我，聯繫到人生的感悟，都有點癡迷了⋯群花在長程跑步中，累了，跑不動了，毋忘我接過了最後一棒，讓花季盡量延長。在長跑中，別人享盡風光，毋忘我心甘情願默默陪跑。冠蓋雲集固然是萬眾觸目，清幽中的一抹淡紫，已足以點燃有心賞花人心中的濃濃溫意。

更可貴的是，縱使毋忘我跑到了終點，她依然不以勝利者自居。她依然是那麼一副淡然的樣子。她知道，當花季全盛來臨的時候，她依然是連個配角也當不上的花朵。

毋忘我只知道，一旦有了這樣美好的，平衡自己心態的能力，她就有了自己的位置。她完全明白了這個位置永遠都不會是顯赫的。但生命力可以維繫得很長很長。世間還有甚麼比生命力更重要呢，怎樣維繫生命力，是一門大學問。

即使世人都相信，坐在最顯赫的位置，才是最好的，毋忘我還是有一番自己堅定的見解：我被安置的，是一個再好不過，能讓我找到快樂的位置呀！

毋忘我性情淡泊，與她的色彩淡雅，配合得天衣無縫，對於喜歡這種性情和色彩的賞花者，也會當她是一種極致的美。

有一天，李先生對妻子說：「你看毋忘我，倒真會孤芳自賞。別的花朵都離開，她一點也不寂寞，獨自開着。也許她最在意的，是由她負責保留住的春光。」

「花畢竟就是花，總能吸引一點賞花者的目光，說明畢竟她也有些惹人心動的特質。」

「我只是想，大自然很奇妙，總是會安排某一種花草，去迎合某一種人的心境。未必一定會碰上，若然碰上了，那也確實是絕美的緣分。」

李先生一口氣說了這麼多話，真是罕見。李太太不禁插口說：「是嗎？你真的這麼想嗎？那麼上天安排兩個人在一起生活，也是這個道理嗎？」

李先生笑了，說：「就是這個道理。難道還有別的道理嗎？」

夫妻間的談話，就像毋忘我那麼淡然，只有懂得像欣賞毋忘我的淡然，來欣賞他們的對話，才能體味到那股濃烈得化不開的甜情蜜意。

真人與雕像

一對男女花農的真愛身影。

1、

經濟長期不景的日子，終於雨過天晴，喜氣洋洋的春節，也來臨了。競投得來的年宵攤檔，不算得上大，然而身處人來人往的花市的喜慶氣氛，此時坐在年花攤檔裏的女子，恍惚之間，只感到與她身處於終年流血流汗的農場時，心情非常相似。

相似的就是那份愉悅。

在農場，空閒時，她喜歡憑着欄杆，遙望着天邊美麗的夕陽。

此時，在年宵花市，她坐着，還沒有顧客來臨，她望着不遠處亮着了的新年彩燈，感到很像夕陽。

一個是屬於大自然的，一個是屬於喜慶中的人間的，都很美。
美，此時溢滿了她的心。

農場必然是寧靜的，而花市，必然是熱哄哄的。

兩種情景如此奇妙交融，勾起女子愉悅的心境，一定有個更重要的原因，因為都有花香。

此時，在花市，繚繞在身邊的花香，不正是常年在農場裏嗅的花香？

此時此刻，嗅到的花香特別醉人，因為聯想到的必然是，這不正是長年勞動的成果嗎？把醉人的花香賣給愛花人，是件美麗的事。

女子想，要是今年生意好，這幾天，就是跟今年的花香告別的最後時刻了。一想到可以把最美麗的東西散發出去，還可以以此謀生，心滿意足，感到這不也是最美麗的事嗎？

想起這些日子，逐一把年花精心包紮，然後運送到年宵市場來，這其中花費的心血、辛勞，不足以向外人道。然而辛勞過後，眼看一年來苦心培植最好的年花，全部集中到這個小小花市，如此奼紫嫣紅，很像畫家在開畫展。要說有點不同，是年花給了遊人活物的享受，一份更真實的賞心悅目。

2、

黃昏來臨了，暮色漸濃，年宵花市遊人開始擠迫起來。

這個年花攤檔主人，其實是一男一女的花農。他們坐在自己的作品當中，守望着欣賞者的來臨。

這座世界聞名的繁華都市，即使是最熱鬧的通衢大道，也沒有此時此刻這麼密集的人流呀！一個晚上，幾十萬的人流。

這個晚上，不必再孤芳自賞了。這一男一女花農一定是這樣想的。

你看，絡繹不絕的人流，都湧來欣賞他們培植出來的花香。女子這樣想着，嘴角微微露出笑意。

一年當中最盛大的傳統節日，遊年宵花市的人都經過刻意打扮，像要跟鮮花鬥豔。

不過，一男一女的花農，裝束依然是花農勞作時的裝束，並非畫展中畫家通常的西裝革履，也沒有衣香鬢影。

在川流不息的遊人的映襯下，更顯得一男一女花農裝束的樸實。

3、

然而，從某一個角度來看，他們才是最燦爛最好看的鮮花。

他們坐在鮮花叢裏，默默地守望着。

此時，其實只是女子醒着。她坐在一張較高的凳子上。

男花農坐在一張較矮的凳子上。

或許是因為連日的操勞，委實太勞累了，男人輕輕地依偎在女人的腰肢，太舒服了，就睡着了。

此時，女子就顯得很高大，就像是靠她一個人，撐起了整個農場。

至少是此刻，在花市這個縮小版的農場。

如何去衡量幸福的斤兩呢？

男人的真正幸福，就表現在這個花農此刻所享受到的美好時光。

男花農的幸福，並不在於他甚麼活兒都不必幹，而是辛勞得太累太累了，累得真的不知如何是好。此時，總有一個女子，他的心愛的、同甘共苦的女子，讓出她的溫暖、柔軟的腰肢，讓他靠一靠，休息片刻。此時他真像個小男人的模樣。

小男人備受女子的呵護。

儘管他醒來後，會有另一個樣子：能幹、果斷、強悍、刻苦、耐勞。

在無數尋常的日子裏，在他們苦心經營的農場，他們操勞着，守望着。

在農場，他極可能同樣非常疲累過，女子同樣讓出她的溫暖、柔軟的腰肢，讓男花農靠一靠。

或是換了個位置，男子坐在一張較高的凳子上，讓坐在一張較矮的凳子上的女花農，伏在他的大腿上，歇一會兒。

不論是男或是女花農，在讓伴侶休息片刻的時候，也可以欣賞天邊的夕陽，很美很美。

變幻不定的天氣必定不時會來為難他們的，或其他種種不穩定因素，叫他們時常疲累。但他們總會在堅韌的守望中，互相扶持，熬了過來。

在守望中，擁抱憧憬，等待着好日子的來臨。

好日子有很多。春節最盛大的，大家共同擁有的好日子，他們就把他們最好的作品推出去。

男人在守望中真的累了，要休息一會兒，女子就把一切撐了起來。

人來人往的花市，很多人看到女子在男人累壞了的時候，讓出腰肢，讓男人休息一下，把一切撐了起來，格外顯得動人。

4、

上述情景，也許只有我一個人看到。

但我堅信，這無損畫面的動人。

在我看來，男女花農在賣花的同時，也在示範如何保住一生一世，都像鮮花一般美滿、恩愛。

5、

男花農依偎着女花農腰肢疲極而睡的動人鏡頭，只允許維持一段小小的片刻，不能維持得太久。

因為，有遊人上來買鮮花了。

女花農輕輕地搖了搖一下男花農，一個很溫柔的動作，然後站了起來，去招呼客人。

男花農揉了揉睡眼，露出略含歉意的笑，好像在說：「辛苦你了。」

6、

上述情景，比一幅精緻油畫更加動人。

我是在一次驀然回首，看到了這個動人鏡頭的。這個鏡頭一直在我的腦海裏縈繞。

終於，一個夜晚，我發了一個夢，夢見有個雕塑家，把花市裏的這個形象，一個男子依偎在一個女子腰肢瞌睡的形象，雕塑成一件作品，卻不知在哪裏擺放。

我夢見我熱心地為這件雕塑品，到處奔波，就是沒有一個地方願意收留。每個地方都有不同的理由拒絕。

寸金尺土，哪有可能騰出地方擺放。

現代人不喜歡這種老土的雕塑作品。

也許現代人需要這件雕塑作品有個說明，才能明白它的意義，也許即使寫了說明，也不明白這裏面寄託的情感。

7、

也許這件雕塑作品，就暫時擺在我的心間，但可以巡迴展出，只要有哪個有心人願意，都可以把這件雕塑作品，暫時擺在他的心裏。

也許有人在思考着！一生互相廝守，堅定不懈爭取美好的日子來臨，已經是很美好的事，很美好的日子。

妻子的手

美與醜的界限，有時很模糊，真正領悟了，就是一種絕美。

這雙手很纖巧、嫩滑、白皙。後來陳言懂得了一個形容詞，叫做纖纖玉手，他想，這樣的一雙手就是了。

陳言是經了無數次的試探，有時是情迷意亂，有時是心如鹿撞，才終於牽着這雙手的。肌膚溫軟的感覺，加速了他的心跳，然後是暈厥感，最後是無法言喻的幸福和快樂感。

「這是世間最美麗的手了，我還能到哪裏去找到更美麗的手呢？」陳言這樣對後來成了他妻子的女友說。

說這番話時，是很衷心的。

這樣的幸福和快樂感，隨着日子的消逝而逐漸淡化。

後來陳言帶着濃濃愛意去觸摸這雙手的次數愈來愈少。雖然她就在他身邊，他是隨時都可以牽起這雙手的。

即使是在郊外林間小徑漫步的時候，陳言牽起妻子雙手的衝動也愈來愈少了。

有時，迎面而來一對十指緊扣的年輕情侶。陳言想，他們是在熱戀，才有那樣的濃情蜜意。

有時，遇上了神仙眷侶一般的老夫老妻，雖然不是十指緊扣，但輕輕互相牽着手，那番情意，別有韻味。陳言會想，他怎麼忘了世界上那雙最美麗的手呢？

反而，當陳言很疲累地睡去的時候，他會感到妻子那雙世間最美麗的手，很溫柔地輕撫着他的手，他的臉頰。妻子喃喃細語，就像在唱安眠曲。

妻子是不是換了另一種形式，來顯示她美麗的雙手？

妻子雙手的美麗，不僅是外表的。她用她的雙手，來表示她的愛心。妻子的用意是不是這樣？

陳言一直以為他太累了，沒有精力去眷戀那雙他曾經那麼傾心的玉手。

但陳言也知道，時光會把很多事情改變。時光也會把人的感覺磨鈍。

只是陳言萬萬沒有想到，他終於要面對的一種改變，竟然會是這樣。

是很多年後，他們已是老夫老妻。

他退休了。

他們有更多的時間在一起。

妻子的一些習慣依然沒有改變。她依然喜歡握着他的手把玩。也許是因為，他們親蜜的關係，就是從牽着手開始的。這裏面有着太多甜蜜的記憶。

有一次，在恍如夢中的睡意中，陳言聽到妻子以讚美的聲音輕歎着：「多麼美的手，多嫩滑。」

妻子在讚美他的手：只有不沾陽春水的手，才會這麼美。

妻子的讚美是衷心的，簡直是對美好事物的無比羨慕。

陳言這才發現，妻子曾經很美麗的手，已經變得很不同了。

妻子變得粗糙了的手，有着所有這類手的特徵。不再是白皙、嫩滑，在多皺褶的皮膚上，青筋像樹的枝椏那樣暴起。

漫長時間的漸變，濃縮在陳言瞬間的感覺裏，變成了驟變，會給陳言產生很震撼的感覺。

陳言突然醒悟到世間一個最重要，然而也是最簡單的道理。自此，他對美，有了全新的理解。

陳言不沾陽春水的手，美嗎？這雙長期以來從不體貼勤勉的妻子的手，真的美嗎？陳言突然感到自己的手，很醜很醜。

妻子這雙為他付出了太多的手，很美很美。而他，卻在如此漫長的時間裏，把妻子的雙手忽視了。

妻子的手，不是普通的手，妻子的手包含了最高貴的美德，有着精神上的光彩。陳言的很多美好、快樂的時光，都是因為有了妻子的手而產生。

現在，只有陳言明白，妻子的手，比起做他女友時的手，更加美麗了。

用了如此漫長的時間，終於知道了妻子雙手真正的美的所在，是不是只是他的感覺遲鈍的問題？

最重要的卻是證明了他的表面看來很「美」的雙手，其實很醜很醜呀！

那麼他的雙手，還配牽着妻子的手嗎？

只是，妻子牽起他的手時，會笑瞇瞇，卻眼神裏帶着疑惑的問：「你會嫌棄它們嗎？」她望着自己的手。

陳言有了無地自容的感覺。他問自己，我怎麼會讓妻子產生這樣的疑惑？是不是我在甚麼時候，已露出了甚麼神色，譬如說，煩厭的神色，讓妻子捕捉到了？

雨後

她的外貌柔弱，卻有一股奇妙力量。

黃昏裏突然來了一陣驟雨，維多利亞公園裏專供遊人休息的座椅就變得濕漉漉了。座椅對上的茂盛樹葉，在驕陽下原本可以製造一大片樹蔭，雨天時卻像羽毛豐富的被淋濕的公雞，時不時抖一抖，點點雨水就滾了下來。

路上走來一個西裝革履的男子，年輕，肥嘟嘟的，看來是有某個很不錯的身分，很有福相。因為過慣了符合他的身分的生活方式，他的一舉手一投足，都是一派規規矩矩，一絲不苟得叫人安心。

此時他的樣子就是如此。走到座椅前，看到了椅上的水漬，猶豫了好一陣子，才從褲袋裏掏出紙巾，小心翼翼把座椅上的雨水抹乾淨。這樣一絲不苟地抹着，雖然用去了不少時間，在他看來卻是不可缺少的。待他剛以一個優雅的姿勢一屁股坐了下來，一個妙齡少女已經走了上來。

她穿着都市職業女性的時尚套裝，跟年輕男子的裝束很般配，要說有點差異的話，是服裝更顯出了一個都市現代女性的幹練美態，而男子的服裝則突出了他的年輕卻又謹慎的神態。人們常說穿同色同款的服裝就是情侶裝，這對年輕男女服裝的配搭，更似。

女子走到男子跟前，微微彎下了腰，微側着頭問：「你幾時轉工做咗清潔工，我點解都唔知？」

這樣說着，就順勢把腰肢彎得更低了，裝作一副笑得彎下了腰肢的樣子。就是那種樂不可支的樣子。

人們印象中，女子的嬌情，就是如此這般吧！可這名女子能夠如此自然地流露了出來，高超得叫人看了直覺得悅目。她的嬌情以最亮麗的青春和最迷人的笑容包裝了起來，變成了一件無法抗拒的卻是溫柔得很的武器。

女子嬌情的威力，已即時發揮了出來。你看這男子，雖然依舊是一副木無表情，可待那名女子靈巧地伸出纖纖玉手，拉住男人的手，嚷着：「走啦，走啦！」然後又輕輕一拉，那看似笨重的身軀，已像是被起重機拉動一般，從座椅上站立起來。他被拉起來的樣子是很好笑的。

他怎麼不說：「我剛剛坐下。」因為他知道，撒嬌的聲音，宛如鈴聲，美妙動聽，是沒有商量餘地的。

嬌情是這個女郎身上的一件裝飾品，這件裝飾品因為還添加了一抹幽默色澤，與她健美外形，自信十足的氣質，配合得天衣無縫。

而且，因為嬌情是無形的，就毫無炫耀的意思。平日裏收藏得嚴嚴實實，待到最合適，用得上的時候，突然露了一手，那樣的叫人措手不及，誰還抵擋得了呢？

柔弱裏蘊藏着驚人的力量。

索求與給予

生活裏施與受的例子，俯拾皆是。

1、有關施與受

普天下善良者都知道，施比受更有福。

施與受，最容易叫人聯想到的是金錢和物質的捐贈。這容易理解，金錢和物質可以最直接幫到人。這是最務實的一種，立即給人帶來溫暖。

各種籌款活動，就是這種。

施與受的形式千種萬種，無窮無盡，可以是以務虛的形式出現，給人帶來精神慰藉，同樣珍貴。

施與受可以是務實和務虛兼備，同時給人帶來物質的溫暖和精神的慰藉。

一般而言，施者是較有能力的人，而受者極可能就是歷盡艱苦的絕望者。施者的真善美，受者的苦痛、血汗、淚影、哀傷，兩者的互動過程中，可以迸發出火花，合演出一幕又一幕叫人窩心的溫暖，讓施者和受者都展現一個又一個令人動容的歡顏。

2、有關求職者的故事

（我要敘述的這個故事，也算是個施與受的故事嗎？這個故事發生於一個歷時數年的經濟不景的艱難時期。這樣的故事說了出來不會叫人愉快，只會鬱悶。我明白，你作為社會工作者，遇上類似個案也許在數不少。聽了太多類似故事，一個人的情緒會不會給磨蝕得不那麼敏銳，也不再那麼脆弱，甚至麻木？我想，受過專業訓練的人應該不會。一個人保持同情心是很有必要的。）

先說我自己的情況。

其實，那個時候，我的境況也很糟糕。但在艱難時期，誰能得以倖免呢？始終能夠如意吉祥，看來只能是少數的幸運者。

(要是不嫌棄我囉嗦，請容我再說明一下。所謂境況好不好，是相對來說而已。舉個例子，有個高層，突然被投閒置散。對他來說，當然境況不好。但在旁人眼中，他哪裏算得上是境況不好？高薪厚職，多少人恨之不得，他的境況依然很好。我這樣說，不是暗示我職位很高，只不過境況有點類似。)

那一天，我接見了好幾位求職者。包括阿生。

無論誰，為了見工，都應該有起碼的準備，這包括外貌、儀表、談吐，因應自己要謀求的工作，對自己工作經驗和學歷，掂量掂量，要有起碼的信心。

阿生給我最直接的強烈感覺，是「驚訝」。

阿生是那麼毫不掩飾他精神狀態的委靡不振，極罕見，叫人不解。我本來可以跟他敷衍幾句，就把他打發走。但我當時是出於怎樣的情緒呢？是憤怒、好奇、不解、純粹出於我多事，而做了份外的不該做的事？

總之，我是很不客氣地質問他：「你這麼個樣子來見人，真的相信可以謀到份工作嗎？」

阿生竟然很坦率回答了我的疑惑：「我求職是漁翁撒網式的，就算得到回音，得到見工機會，我也不抱希望。」

我望着阿生，失笑了起來。對於阿生來說，我的笑應該是莫名其妙吧。這是一份很不吸引人的工作，對求職者的要求很低，阿生還是一無所得。

此後幾年之間，我的處境每況愈下。我不想透露更多的細節了。人生變幻，很多事情不是一個人可以控制得到的。我換到另一個工作崗位上。我依然做着接見求職者的工作，我第二次見到了阿生。

要是在幾年前，阿生應徵這個職位，我會毫不考慮叫他即時返工，做的都是「手板眼見工夫」。但是，這一次，我又讓他失望而歸。我不知道他的感受如何。

一個很惡劣時期，整個社會出現了很可怕的下陷。除了富貴者，一般人的身價都降了幾級。我是說，原本適合阿生的這份工作，被比他條件優越的人搶去了。成功應徵者也不會感到快樂，他們也是失意者，因為他們原本有份很好的工作。

不久，我跟阿生又在公共地方碰上。

黃昏時段，我忽忽趕路。阿生當時就在一個繁忙路口，在人群裏團團轉地派發着宣傳單張。這絕對是一份「手板眼見工夫」，太適合阿生做了，特別是，他是那麼勤奮。

我很快就意識到，我不論在姿態上，還是在潛意識裏，我都準備再一次拒絕阿生。

不是嗎？我準備像很多行人的慣性動作，在派發宣傳單張的人身邊，快速擦身而過。

不巧在這瞬間，阿生一個急轉身，就把一隻手伸了過來。我立即認出了他，伸出手來，把他遞過來的宣傳單張接住。

接就接吧，不過是舉手之勞。

繼續在街上急步行走的時候，我突然想，阿生現在是不是轉換了一個角色？

他在扮演着一個施者的角色，而我，是受者。然而想深了一層，卻又發現，不，他依然在扮演着受者的角色。

看他派發宣傳單張的情況就知道了。他受到的拒絕太多了。他在人群裏團團轉，看來他的每一次轉身，都意味着受到一次拒絕。

阿生遇上了太多不願意把「舉手之勞」施捨給他的人了。這樣想着，卻又覺得自己的想法很荒謬。

有關阿生的後續故事，卻是我的一個朋友阿威講給我聽的。很快我就知道，他故事裏的主角就是阿生。聽了後，第一次我對阿生，產生很難過的，頗濃的同情感覺。

阿威不知道，我早已認識阿生，對阿生的一些事情，比阿威還要了解。要是阿威知道，還會喜孜孜地把整件事的來龍去脈說得眉飛色舞，當作是一個有趣的故事，說給我聽嗎？

阿威以詼諧的語調敘述這件事，其實他所說的故事，是個悲劇。

「包管你一世人都未曾聽聞過這樣的怪事。怎麼可能會有這樣的人呢？在那個夕照還沒有完全消失的美麗黃昏，我這個故事裏要說的那個人，走上那條人流最多，很多人在派發宣傳單張的行人天橋上。他以一種恭謹的誠意，走到一個派發宣傳單張的人跟前，鞠了個躬，接過單張。然後，他又走到另外一個派發宣傳單張的人跟前，做着同樣的動作。他的誠懇是毋庸置疑的，神情嚴肅。但他這樣做，重複得多了，在別人看來，就變得很滑稽，成了嘲弄的對象。這不是在做戲嗎？卻又找不到他要這樣做的動機。他這樣不斷主動去接受宣傳單張，不僅是他的褲袋，衫袋都裝滿了宣傳單張，塞不下去了，只好拿在手裏。你想像那種情況吧！他的神經質行為終究是要出事的。不過他出事地點並不是在行人天橋上。他離開行人天橋，轉到街上的一個繁忙路口做同樣的事。當派發宣傳單張的人發現他又緊跟着他們，並以在別人看來滑稽的動作來拿他們的宣傳單張時，他們真的憤怒了，出其不意地合力把他抓住，推倒在地。他完全沒有反抗力氣，只漲紅了臉，似乎想咕嚕些甚麼，只是甚麼都說不出來。」

「其實，你說的這個人，做着這些事情時，並不是在索求，而是在給予。他的用意是善良的。」我說。

「不明白你的意思。」阿威說。

「確實難以明白。你說的這個人，一定是叫阿生。他這樣做的時候，是在給予一種關愛，一份同情。這種同情，世人已難以明白，所以變成了一種無法容忍，不能接受的滑稽舉動。」我說。

「我還是聽不明白。」阿威說。

「確實難以明白。」我說：「阿生這個人在受到無數次的拒絕後，反而明白了給予這兩個字的道理。但他知道，他本人再也沒有甚麼能力，可以給予其他人甚麼東西了，於是就選擇了這種給予的方式。阿生對給予這兩個字的理解，就是不要輕易拒絕別人。」

「你說得愈來愈玄了。所以我聽得愈來愈不明白。」阿威說。

「我再三承認這樣的事情的確難以明白。簡單來說，阿生受到的拒絕太多了。他想，在他已變得愈來愈無所事事的日子裏，他為甚麼不利用空閒時間給人家帶來一點安慰呢？阿生以為以一種恭謹的態度去接受宣傳單張，會給派發宣傳單張者在飽受冷待後，得到些微安慰。但現在的問題是，如果大家都認為阿生的這種舉手之勞的給予，是毫無價值的，阿生的行為是否還稱得上是給予呢？也許在別人的感受裏，不但不能稱得上是給予，應該是干擾才對。人們所期望的給予，都必須帶有物質價值的。阿生帶有荒謬性質的給予，就肯定一文不值。」

「你會說阿生是個不正常的人嗎？」阿威問。

「這樣的話我還不敢說出口。」

3、植物人的故事

這也算得上是一個有關施與受的故事嗎？

李太太把相片拿給我們看。相片上是一個年華正茂的斯文男子，戴着眼鏡，相當瘦削，但其實極可能是鋼條一般強壯的身架，站在某個公園內的鮮花圃前，展露着溫文儒雅的笑容，是個充滿陽光的男子。這樣一個男子怎麼會在球場上出了那麼大的事故？因為太投入，所以會這樣奮不顧身救球？付出的代價太大了！

李太太比她實際年齡要蒼老得多。當極大不幸降臨到一個人身上，種種焦慮、操勞、憂思，折磨着人，就會催人老去。像這樣的特大不幸，以前曾經聽聞過，但近距離面對不幸者，還是第一次。李先生在一次救球時，撞上門柱，腦部重創，再也沒有醒來，變成了植物人，後來就從醫院搬到家裏。

李太太在那個不大的單位裏，為李先生特別開闢了一個小房間。

三年過去了，李先生就這樣毫無知覺躺着。一個被認為還維持着生命的人，對世界天翻地覆的變化，一無所知，還不肯離開這個世間。到底他是對這個世間還懷有希望，還是要把僅有的一絲生還希望留給親人？但這給親人帶來了多大負擔？

李太太說，要是有一天李先生出於奇蹟，甦醒過來了，向我展現人間最美麗的笑容，那就是給我帶來最大的給予了。

李先生進入醫院的深切治療部那個時期，我跟阿麗、阿雲、阿平、阿楚、阿城、阿霞、阿笑等幾個李先生的好友，曾聯袂去探望他。他們都無不抱着濃厚希望，相信阿李必有轉機。想不到阿李的一生已有了定局。

我們商定，探望時，要用聲音為老友做點事。

李先生熟悉我們的聲音，憑着聲音可以刺激他，讓他記憶起我們相聚時的快樂日子。這有助他甦醒過來。很多人都覺得這個方法有效，我們都抱着這樣的希望。

按照醫院的規定，深切治療部每次只允許兩個人進去。阿雲和阿平出來時，阿雲已哭成淚人。他們在裏面所逗留的時間比起我們所預期的要長。這會無端讓人產生一種期望，相信李先生其實已經無礙，可以跟探病者暢談，彼此忘記了時間的流逝。

我跟阿霞進入深切治療部病房，看見躺在病床的李先生，他已經進入了一個非常孤獨的自我世界了。不論我們給予甚麼，他都不會收受了。他也不會給予甚麼了。原來，能否施與受，是世界上一種最幸福的東西。施與受無法持續下去，又是世界上最痛苦的事。

但原來，這只是我一個人的想法。

阿霞一看到臉容已變形的李先生，早已熱淚盈眶，泣不成聲。

但在情緒稍為平復後，用她極其溫柔而殷切的語調，俯身對着李先生說話，簡直像跟一個重逢的老友促膝深談一般。阿霞已不把李先生當是個植物人，而是當是個活生生的人。阿霞說李先生一定會康復，現在只要專心靜養就可以。我們全心全意支持你，也無時無刻在為你祝福。我一度彷彿看到李先生從沉睡中醒了過來，露出難得的微笑。深切治療部病房裏一時恍如充滿了陽光。我料不到纖弱的阿霞是這樣充滿了陽光氣質。

相比之下，我就是一大片驅之不散的烏雲。儘管事前我已做了足夠的準備，卻無法像阿霞，淘心淘肺說出心裏的祝福。我面對臉容都變了形的李先生，完全無法跟他說甚麼話。

原來，給予，需要一種力量，這是一種怎樣的力量，怎樣才能找到？只有一樣是肯定的，大慈大悲的人，可以找到。

很久以後，阿平說起這次經歷，他說，阿雲也跟李先生說了很多話。是一個人對危難中的人說的那一類鼓舞的話。她明知這樣做是毫無用處的，但她更加相信，施是一種慈悲，是慈悲就多多益善，不必計較有用還是沒有用。在這一點上，我是愧對的。

探望李先生時，阿雲哭得最多，這顯示出她的性格善感，她善良而又脆弱。

事隔多年，再見到她時，她已變得成熟而自信。

阿雲說，她從美國一回來，就來探望仍沉睡不醒的李先生。

（阿雲這樣說着，又掏出紙巾，她早已淚盈於睫，畢竟她是個性情中人。）

阿霞後來的發展也跟阿雲很相似，變得成熟而自信。她在各方面都表現得很堅強，努力向上。但她的情感依然很豐富。這樣的女子，在我看來，就很完美了。

阿雲後來說了一段叫我難以忘懷的話。

阿雲說，在這麼一段長得叫人心慌的日子裏，李先生即使一睡不醒，仍然受到親人無限的關懷和照顧，不離不棄。但李先生只是受，而一點也沒有給予嗎？我的想法不一樣，李先生給予我們的其實太大了。阿雲沒有具體說明，也許她所指的，是由於這件事，令她精神上有甚麼感悟也說不定。無論如何，我對阿雲的這番話深有同感，因為我也遇上了一件事。

一個深宵（那時我還在報館兼職），我看到通訊社剛發出的一則電訊，是十月，記者訪問了一個剛獲頒諾貝爾醫學獎的女學者。到處尋訪的記者終於看見從實驗室走出來的這名女子，神態疲累，看來還昏頭昏腦。當記者問她的得獎感受，她先大大的打了個呵欠，然後淡淡地笑了起來，反問記者，我真的得獎了嗎？似乎在開點玩笑，來紓緩她的疲累。這則新聞特別刺激我的神經。當我們目睹了人的生命是如此脆弱，只有這些忘我的學者和研究人員才是病人的希望。最值得尊敬的，還是這些默默努力的，真心為人類謀快樂的人。

過不了一年，我到美國讀書去了。我雖然不能像女科學家，從事重要研究工作，但做些力能所及的有助研究的工作，也許有可能。

這是女科學家給予我的力量。但我能夠體悟到女科學家的力量，卻是因為李先生的不幸遭遇。我在探訪李先生時，我失去了給予的能力。但李先生的境況，在很多方面，卻給了我很多啟示。這也是給予的一種形式。至少我是這樣理解。

雨、房子和人

大自然與人類之間，是要感恩，還是要互相進行報復？怎樣的選擇最好？

雨季來臨的時候，大地就正式甦醒過來了，生機勃勃的萬物，以無比歡欣的舞蹈，迎接雨水的降臨。

只有位於海傍的低矮的茅屋愁眉苦臉，俯首帖耳匍匐在大地角落。因為只有以這樣的恭謹的姿勢，才能凝聚全身僅有的力氣，抵禦暴風雨的來襲。

每一次，雨都可以聽到茅屋低聲下氣的求饒聲。

「何必發那麼大的脾氣呢？」

「你嘩啦嘩啦地落在我身上的雨點，真像千彈萬箭，又像無數個拳頭，我會終於承受不了你的打擊而倒下的！」

「你早就知道了，在我的懷抱裏，都是些驚慌無措、無處可躲的人類。」

「對於人類來說，家是一個再重要不過的地方，不論是走到天涯海角，在心裏佔了最重要位置的還是家。在外頭不論是受了多大的創傷或是委屈，回到了家，就一切都不怕了。家是人類一切活動的起點，也是終點，只有回到了家一切才都有了着落。你這樣沒心沒肺地下着，會使他們失去最重要的地方。」

雨卻愈來愈覺得茅屋古怪。說甚麼都好，怎麼老是為人類說項？

俯瞰大地的雨，只感到「人類不長進」。它想，甚麼時候人類也可以像萬物，勇敢地迎着暴風雨，並且茁壯成長。

因此，雨只要聽到茅屋像老太婆般不斷嘮叨，就只是冷笑。

隨着雨的笑聲，閃電劃破長空，雷也怒吼起來。雨知道，大自然夥伴在為它吶喊助威，證明它的想法是有道理的，因而，它就更加不把茅屋的話放在心裏頭了。

雨知道，當它停歇的時候，人類就會很高興地叫着「天晴啦！天晴啦！」

停留在雲端的雨，俯瞰着大地，總可以看到這樣一個景象：躲在茅屋的人走了出來，爬上屋頂，憐愛地為茅屋療傷，溫馨的聲音，像在給茅屋說着安慰話。門窗也打開了，讓屋子透透氣，這時的屋子，遠遠望去，很像一副眉開眼笑的樣子。

看到這種溫馨場面，雨真氣不過，常常恨不得再狠狠下一場。

有時雨倒真的如願，像千軍萬馬般向地球撲去，嚇得那些人連忙躲進屋裏。

多少個雨季過去，雨明白了茅屋與人之間相依為命的關係。雖然每一次茅屋都還會求饒，但雨已可以感受到茅屋逐漸形成的溫和、堅忍，天塌下來只當被子蓋的無畏而樂觀的精神。

雨好像聽見茅屋在說：「沒有辦法啦，只有這樣，才能活得下去。」

有一年雨季，雨再降臨大地時，發現眼前景致不同了，破破爛爛、俯首帖耳的茅屋不見了，雨看到的是一間石屋。雨敲打在屋子上的感覺都不同。雨點會像鮮花般綻開，有粉身碎骨的感覺。雨感到屋子不再像以往那麼逆來順受，不再像茅屋般默默地忍受它的打擊，雨甚至還感到一種反抗的意味。

「你怎麼變成這樣了？」雨問。

石屋顯得很靦腆：「我現在這個樣子好看嗎？我感到我現在健康得多了。」它以往常見的憂愁神色減退了很多，甚至顯得有點自信。

雨在雲端，依然可以看到人與屋之間親暱的關係。雖然屋子健康得多了，人依然在屋頂修修補補，為它療傷。

雨季一個一個過去。雨不斷有新的發現，低矮的單層石屋變成了兩層，然後是三層、四層、五層……。

雨感到無比驚訝，它自覺也算是見多識廣了，卻從未見過屋子也會生長的。雨雖然感覺到自己在問一個很愚蠢的問題，還是不禁問：「你是靠我的雨水來滋長的嗎？」

石屋呆了好一陣，好像是想不到雨會問這個問題。

石屋性情敦厚，即使是找到了一個可以奚落對方的機會，也不願給對方難堪。它說：「要是你的雨水可以使我滋長，我以前也就不必那麼擔驚受怕了。你難道忘了我們處境最危險的時候，屋子裏是怎樣傳出孩子的哭啼聲？」

然後又笑呵呵的自豪地說：「人類運用才智來改變我的模樣，也改善了他們自己的生活。」

在雨與屋子已經經歷了不知多少個年月的接觸裏，還未曾見過屋子這樣開懷過。雨甚至在屋子那雙從未睜得如此大的眼睛所透露出來的神情，似乎聽到了這樣的潛台詞：「我們再也不怕受你的欺凌了。」

雨親眼看見孩子們冒着傾盆大雨，從屋子裏跑了出來，哈哈大笑地在屋前的空地上嬉玩。

「人真的不怕我了。」雨寂寞地想着。

雨感到，以往它的那種從天而降，傲視人間，手操生死大權的良好感覺消失了。

「到底人是怎麼一種東西呢？」雨疑惑地想。人比世間萬物都要來得有能耐嗎？你看，即使屋子會凋謝，也不是只一年的短短壽命，而是很多年很多年。

有一個雨季，雨發現不斷生長的樓房莫名其妙地消失了。一塊面積巨大的土地被鐵絲網團團圈了起來，旁邊豎起了一個牌子，上面寫着：「無敵海景豪宅即將在此矗立」。

雨不知道這是甚麼意思。

但它發現，原來，以前的樓房，只佔了這塊土地的極小一部分。人類填海，把面積大大擴大了。

難道人類再也不需要樓房？

當下一個雨季來臨時，雨發現在那塊土地上，龐大的地基工程已在如火如荼地展開，工人忙於往鋼筋之間注入混凝土。

雨終於親眼看到樓房是怎樣生長的了。

整個雨季，雨就看着深陷地底的地基開始向上發展。

雨想不到的是，經了一個雨季，樓房還在不斷增高着。

雨暗自想着，到底它會高到哪裏去呢？

那個雨季剛開始時，呆在雲端上的雨，看見一團團烏雲底下的不遠處，有座閃閃發光的巨物。

「那是甚麼？」

雨還沒來得及好奇地叫出來，已經輕飄飄地從雲端掉了下來。雨點落在平滑而明亮的玻璃上，立即就被彈開，往下墜落，真的是粉身碎骨，消失得無影無蹤。

雨第一次感到了自己的渺小。

身分已調換了，能夠採取傲視姿態的，不是雨，而是樓房。雨感到自己太微小了，它已無法看到大樓的全貌。

現在，雨呆在雲端，可以看見清潔工人站在吊車上，為宏偉的建築物很細心地清潔着。

由於距離得那麼近，雨甚至在雲端，也可以跟大樓交談。

「以後，你還會變得怎樣？會比雲層更高嗎？」雨的語氣已有點討好的意味。

大樓難掩它那喜孜孜的神采。

「誰知道？這要問人類。是他們製造了我。你知道為甚麼我總是閃閃發光？因為我身上裝上了很多燈光設施。你知道為甚麼人類已不怕日曬雨淋？因為我裏面裝了中央冷氣系統，這是你們在外面看不見的。我的身價愈來愈高了，人類稱我是搖錢樹。雖然我不知道這是甚麼意思，但我知道，我已不僅僅供居住那麼簡單。你不知道我的裏面有多富貴堂皇，豪華的酒店，堆積如山的美食，紳士美女，夜夜笙歌，怎會像你們鬧了一點脾氣，就以為不可一世。以前，是你們主宰着整個天空，現在你們看，是人類主宰了整個天空了。」

確實，雨感到，它不但已經沒有了以往呼風喚雨的豪氣，而且，好像突然變得年老體衰，周身是病。從雲端掉了下來，未到地面，身上就沾滿了各種污染物，人類索性把雨叫做酸雨。

雨也感到，自己的行為愈來愈古怪，並且，愈來愈不受自己的控制了。譬如，雨變得像個屎尿都失禁的病人了，而且時常迷失方向，經常莫名其妙向一個地方傾瀉大量雨水，造成洪水泛濫成災。而在其他地方，卻是滴水不落，造成嚴重乾旱。本來井然有序的大自然，變得混亂了。

雨的家族元老們，愈來愈多地以憤憤不平的腔調譴責人類。腔調既是無力，也無奈。

元老們感到，這是人類在向雨進行報復，雨在以前怎樣對付人類，人類現在就怎樣對付它。

「人類自以為了不起，居然有本事把臭氧層洞穿，把天空弄污染，讓我們生病，似乎在進行大報復哩。但人類也太肆無忌憚了。他們造成了惡果，卻不知該如何收拾，爭吵不休。他們也害怕了，冰川也在融解了。我們就在天上看熱鬧吧。」

這是雨參加的一場最瘋狂的滂沱大雨，以千鈞之勢，落向一座城市的繁忙大街上。叫雨大吃一驚的是，一向怕雨的成千上萬城市人，卻手拉手，高舉橫額和旗幟，昂首向前邁進。有人在激昂而憤怒地高呼着：「人類愈來愈自私貪婪了，只顧自己窮奢極侈，破壞環境，都忘了，地球才是我們人類共同的家，肆意毀壞地球這個最珍貴的家，就是在破壞自己的家。再奢華的房屋最終也會被毀滅。我們要環保！我們要環保！」

雨在人群雜沓的腳步下變成一攤污水了。但它感到，這是它跟人類最貼心的一次接觸。

雨和人類，和諧相處，不是更好嗎？

心靈篇

心靈的輪椅

物質與心靈的滿足，哪一樣較容易得到？

1、

年輕時，林明山曾做過一份類似實習生的工作，學習進行些社會調查。有了這方面的經驗，後來他進行了一項個人很感興趣的、大概從來不會有人願做的調查。

林明山判斷，只要涉及心靈的問題，就較難找到調查對象了。剖析自己的心靈，把自己的靈魂赤裸裸暴露，確實需要勇氣。

幸好，林明山總算找到兩位中年人，分別向他們提出兩個相同的問題，請他們回答。

第一個問題是：簡潔地說一說一座都市該是怎麼個樣子。

林明山擔心他們對他這個古怪的問題會感到很無聊，生了抗拒感，索性置之不理。出乎林明山的意料之外，他們回答得很認真，答案卻大同小異。

A的回答是：當然要有人，城市就是人群密集的地方；離不了高樓大廈林立；該有的各種設施都要有：井然有序的道路、巴士站、火車站等。

B的回答是：都市能成為都市，有它的特徵：宏偉建築群；各種諸如公園，游泳池的設施；交通繁忙；政治、經濟活動頻密。

2、

林明山向他們提出第二個問題：請盡情抒發你們對生活於其中的都市的感受。

3、

先來看看B的感受。

B的感受是林明山較少聽到的，因而感到有種新鮮感。B的感受有啟示作用，頗有意義。事實上，林明山有種衝動，希望有更多人可以看到B的感受。

B的感受實錄如下：

我感到我生活着的都市，愈來愈美麗了。

我很感恩。

對我來說，整個都市曾經像個牢籠。而現在，我深刻感到，都市在一點一點地朝着好的方向發展，明顯在改善着。我可以更具體說明一下：都市終於注意到了像我們這類人的需要，並開始作出了實質的改善，這對我們極具重要意義。當我看到以前那些不容我越雷池半步的台階，現在已有了新的很貼心的設計，有了方便我坐着輪椅行走的通道，真是滿心感激。能夠留心別人的需要是一種難得的美德。我感到都市人情味日漸濃厚了起來。即使是一點一滴的改善，對我來說，都是天大的恩惠。我相信，隨着整個社會愈來愈進步，我的自由活動的空間會愈來愈大，直到有一天，我可以跟平常人一樣，坐在輪椅上，行走各條我想行走的道路，乘搭任何我想乘搭的公共交通工具。

這座都市會更加美麗起來。

4、

在林明山看來，A的感受更加特別。A對都市感受的角度，跟B的審視角度也許南轅北轍，卻是很真切而又深刻，不得不叫人深思。

作為調查員，林明山的觀察是，A的敘述明顯相當紊亂。直覺上感到他在寫下感受時，情緒相當不穩定，有着甚麼困擾着他，有種憂鬱症的傾向。

A的感受實錄如下：

我的活動空間，日漸狹窄了起來。

我愈來愈不願意到處去，我不想見到任何人。實際上，我是害怕見到人。我一直想着只要一有機會，我就要把自己封鎖起來。

生活在煩囂的都市，我時常希望有個小小的安靜、安樂的窩，讓我可以獨處，休養一下。

我的心靈重傷了。我的心靈需要輪椅。但是心靈的輪椅是無形的，沒有人看得到心靈的輪椅需要無障礙通道，沒有人會為我改善通道。實際上，在愈來愈現代化的都市，我的心靈輪椅遇上的障礙不但沒有減少，反而愈來愈多，簡直寸步難行。

因此，你們看我這個人，我的肉體可以隨意到處去，卻正好是我最大的悲哀。我甚麼地方都不想去。我已看得十分清楚，我所希望的無障礙通道的改善，永遠都不會來臨，就像名劇《等待果陀》中的主角，永遠也別想等到他心裏想等到的人。

在我心中，這個果陀到底會是怎樣的一個人呢？這個果陀就是可以讓我跟他真誠相對，可以心靈相通，而不必時刻提心吊膽，提防着的人。這樣一個可以讓我跟他推心置腹、互相慰藉的人怎麼可以等到呢？在我看來，永遠也等不到了。

在都市，改善無障礙通道設施的工程是容易做的，只要花錢就可以了。

可是如果有誰竟想去對都市人的心靈，展開心靈無障礙通道的改善工程，讓每個人都變得愈來愈善良、誠懇、美好，而不是愈來愈貪婪、奸詐，是不是有點瘋狂了呢？

在這一方面，金錢不但改善不了，而且正是為了金錢，不惜把心靈無障礙通道，日夜破壞着。

這就是我的悲哀。我的希望是不實際的，不會有人看重。

其實，大家都知道，實施不了。

5、

B是殘疾人士。

A是健全人士。

烏鴉

人類與鳥類分別很大，卻有一種奇異的生活方式是共通的。

1、

汽車進入古明鎮範圍時，憑着專業訓練，培養出來的敏銳直覺，英安吉開始感到了一種愈來愈濃烈的詭異氣氛。汽車在筆直公路上疾馳着，獨特的「呱呱呱呱」啼鳴聲，此起彼落清晰地傳進了他的耳朵裏。

並不感到陌生。

為了此行而作準備，一直在聆聽着的古明鎮現場錄音，早已熟悉這種啼鳴聲。只是到了現場才真真正正感受到震動。從車窗望出去，就可以看見烏鴉悠閒地在與大城市景觀截然不同的廣闊天空飛翔着，有的是單飛，更多的是集體飛行。這是近空看才是這樣。仰望遠空，已是黑壓壓一片，是一種山雨欲來，烏雲壓頂的壓迫感。

要不是群鴉像現在這樣有序飛翔，而是狂舞，演變成另一種形式的狂風暴雨，那會是一種多麼恐怖的景象！

汽車進入直通古明鎮的大道，英安吉的不安驟增了。公路兩旁電桿的電線上，整齊地、密密麻麻地、幾乎毫無空位地排列着烏鴉。牠們一動也不動，圓瞪着眼睛，是在列隊歡迎人嗎？英安吉歎息着，烏鴉的眼神，他還看不透。

英安吉想着介紹動植生態的《自然》雜誌一段有關烏鴉的描述：「烏鴉腦部非常發達，牠們善於揣測別人的意圖。」那麼，牠們現在是不是在揣測我的意圖？要是真的這樣，那麼，牠們就是很冷靜的觀察者。是不動聲息的那一種。

《自然》雜誌說：「烏鴉的智商甚至不亞於大猩猩等靈長類動物，可能有想像力。烏鴉天生就具有一種製造和使用工具的能力。」

英安吉想，面對惡劣的自然環境，烏鴉絕對跟人類一樣，必須運用智力，不然，如何生存得下去呢？築巢就是一種能力的表現。

《自然》雜誌特別指出了一點：「烏鴉的智慧並非是模仿人類才學習到的，而是與生俱來的一種本能。」

那麼，烏鴉對人類的態度，是視若陌路嗎？英安吉想，鳥類的本領，是人類想學都別想學到的。

人可以在天空翱翔嗎？可以若無其事站在電桿線上的那種驚人的平衡能力嗎？

「烏鴉為甚麼會這麼多呢？」英安吉轉過身來，向着就坐在他身邊，由古明鎮市政局派來接待他，協助他的年輕人陳昌問道。估計每個初來者都會問這個問題。

要是一種現象，足以讓一個初來者感到不安，甚至有威脅感，就不會是好現象。特別是發生在本來是窮鄉，卻突然暴發了起來的古明鎮。

陳昌以一種似笑非笑的神情，回答說：「這就是要邀請您來的原因了。烏鴉實在太多了，多得我們都承受不了了。這裏的生態環境就這麼適宜烏鴉繁殖？」

英安吉立即滋生了突兀的，明顯不太好的感覺，陳昌回答這個嚴肅問題，神態有點嬉皮笑臉，近乎輕佻。大概年輕人都是這樣吧。所以，這種沒有來由的不安，英安吉倒沒有放在心裏。

英安吉其實似乎也受到他的影響，以一種帶有點嬉戲的口吻說：「古明鎮山明水秀，一路上的明媚風光，叫人心曠神怡。也許烏鴉就是喜歡這個，才殖繁起來。牠們也要來爭佔這個地方了。」

陳昌露着很燦爛的笑容。

「初來者真的會感到風光奇麗。但古明鎮發展起來之前，被視為窮山惡水之地，這樣的地方會讓人真的感受到美麗嗎？」

英安吉聽了他這樣說，不知如何回答。

陳昌又說：「也許你說對了，群鴉是要來霸佔古明鎮。不過主要原因一定不是欣賞這裏的山明水秀。牠們天天在天空遨遊，飽覽了無限風光，哪裏還會稀罕地面上的風景。」

英安吉只當陳昌所說的是閒話。

汽車進入大街，英安吉臉龐緊貼着車窗，好奇地觀賞街景，不禁又驚呼起來。

「呀！這些烏鴉！」

「這還不算多。等您安頓了下來，到古明鎮轉了幾轉，不待我多說，您都會弄明白了。」

駛往古明鎮招待所的短短時間內，已強烈感到這個已經迅速擴充的市鎮，已不折不扣成了烏鴉的天地了。別說鎮內上空更加密集的、飛得更低的烏鴉，就是在地面，也是密密麻麻聚集了一大片。

群鴉飛起，撲向駛過的車輛的擋風玻璃，車裏的人，視野立即變得模糊，不僅是因為光線被遮擋了，而且密集的烏鴉就是一片黑色。從司機的鎮定反應來看，這種情況已司空見慣。司機自動減速，因為害怕視野短暫消失期間，有人過馬路，把路人撞倒了。

「群鴉飛起時，飛行的方向不對。牠們應該是倉惶地朝別的方向飛去。哪有可能反而向行駛中的車頭撲過來，這不是襲擊嗎？」

陳昌聽了，笑了起來。

「你的觀察能力確實銳利。但你有個想法肯定錯了。你以為群鴉是驚慌而飛起。」

「不是這樣，還能甚麼？」

「剛好相反，不是牠們受驚了，而是牠們飛起，撲向擋風玻璃，只為了讓車內的人受驚。」

「不怕被撞?這些烏鴉，如此密集地疾飛，不怕相撞嗎？」

「從來沒有人拾到一隻被撞下來的烏鴉。」陳昌說。

「也許烏鴉已建立起一套人類鮮知的導航系統，就像我們人類在天空建立的無形的飛機航線，以及在馬路上設定有形的汽車的行駛規矩，例如設置交通燈。」

「照您這樣說，這些烏鴉就可怕了。」陳昌說。

「人類的本領?人類本身到底有甚麼本領，可以及得上烏鴉呢？」英安吉沉吟着。「人類靠的是金錢，金錢可以把一切變得天翻地覆。」

古明鎮的傳奇故事，英安吉來之前，已聽聞了不少。古明鎮就是活生生的例子呀!金錢把古明鎮變得天翻地覆，也不過是這二、三十年之內的事。

「雖然只不過是二、三十年的事，古明鎮已今非昔比，非常富有。古明鎮人只管享受當前幸福快樂，以往是怎樣的光景，早都給忘清光了。」陳昌說。

英安吉點了點頭，表示理解。

「忘記會讓這種幸福快樂感更加濃烈。烏鴉來趁熱鬧，把古明鎮變得更加天翻地覆了。」英安吉說。

「可以這樣說。」陳昌說。

「甚麼時候開始的呢？」

「要說七、八年前，烏鴉還是很尋常的東西，誰會留意呢？高速繁殖起來，到了簡直叫人生畏的程度，是近幾年的事。我們希望您能為我們設計個統計方法，但烏鴉這樣飛來飛去，統計得了嗎？」

「烏鴉的繁殖，跟古明鎮的發展是同步的。」英安吉以肯定的口吻說。

「你的觀察正確。」

招待所已到。陳昌一邊回答着，一邊早已打開車門下車。

幾隻烏鴉飛撲過來，啄着玻璃窗。英安吉不由自主身體向後仰，只見已在車外的陳昌向他微笑着，做了安慰他的手勢，下車吧，烏鴉不會攻擊您的。

一路上，英安吉一直遠遠地觀察着烏鴉，這時，好像有個特寫的鏡頭向他推來，隔着擋風玻璃，英安吉看到烏鴉極其凶狠的眼神。古明鎮的烏鴉，果真喧賓奪主嗎？

2、

古明鎮的傳奇，說起來就是一個很多人都會羡慕的故事。也不知甚麼緣故，有一天突然有個地質學家來到這片荒山野嶺，偶然情況下發現了金礦。

最重要的是，古明鎮人擁有土地業權，都是在政府註冊了的。這不奇怪，有誰會在意這一個荒蠻之地？

財雄勢大的財團開始進駐開採，競爭非常激烈。這是因為，專業顧問也來了，幫古明鎮人與財團周旋，爭取最大的利益。這兩類人都因飲了頭啖湯而發了大財。

山裏人暴富，幾年之間心態徹底改變。處理財產的手法高明得多了，自信爆棚，生活方式也發生了天翻地覆的變化。

山外人海嘯般向山裏湧去，遲來者能夠找到一份礦工工作已算很幸運。金礦主這才發現，心目中以為很尊貴的城市人，原來也有這麼多窮苦潦倒的人。

古明鎮發展一日千里，呈現繁華景象，靠的就是這些湧來的人。

把金礦石提鍊出純金的師傅最為吃香。後來變得更加重要，也更加吃香，是鑄造黃金手飾的師傅，古明鎮可說是精英雲集。有甚麼可以吸引他們來到這窮鄉？當然是容易創業致富。

事實上，古明鎮出品的黃金飾物，已成了名牌。不但技工精巧，據說佩戴在身，特別有靈氣、貴氣。這種說法不論是真是假，只要名氣打開，就不得了了。

真正塑造古明鎮全新面貌的，是建築業名匠，也是精英雲集。

古明鎮還沒有高樓大廈，但美輪美奐的小房舍到處都是，整齊排列着，讓英安吉以為到了歐洲小鎮。這要花費多少金錢才建立得起來呢？但金錢在古明鎮不再是個甚麼問題了。

3、

英安吉一進入招待所，恍如進入時光隧道，瞬間回到了大城市的六星級大酒店。招待所裏豪華的裝潢擺設，叫英安吉瞠目結舌。

他剛坐下，還沒有回過神來，穿着整齊制服、笑容可掬的服務員已經送上豐富晚餐。這是古明鎮市政局為他安排的。英安吉感到沒有資格去形容這頓晚餐，他還沒有享受過這樣的豪宴。只是他確實相信，古明鎮真的富裕起來了。不知名堂的、但極之美味的山珍海味，不知用甚麼材料熬成的濃湯，讓一向生活簡樸的英安吉，有了從未有過的食慾的快感。

英安吉坐在舒適的餐桌前，不禁想着，我現在不是也成了被海嘯捲來的一滴水嗎？但已是一個遲來者。但遲來者有好處，可以現成享受到古明鎮發展的最好成果。

英安吉想，他現在看到的古明鎮的面貌，雖然是由金錢堆砌起來的，卻也感到了一把勁，把文明世界最好的東西都搜羅了來，在古明鎮堆砌起來，沒有一把勁確實真的不行。

英安吉這樣想着的時候，一件很詭譎的事在電光石火間發生了。就是從這一刻開始，以及隨後發生的連串事件，英安吉真切感到，他已真正身處於這座傳奇的古明鎮的現場了，不在現場就不會了解這種真相。古明鎮的暴富，造就了這樣的詭譎的事件，而正是這樣的詭譎事件，形成了古明鎮的詭譎的生活方式。

英安吉有種不寒而慄的感覺。

4、

一道黑影自招待所窗外疾飛而至。

英安吉剛剛在招待所外的汽車裏，見識過烏鴉極其凶狠的眼神。

這時，沒有玻璃窗的遮擋，疾飛而至的陰影，嚇得他出於本能用雙手掩着了雙眼。他感到烏鴉扇舞的巨翼，掀起一陣寒風，直撲他的臉部，英安吉甚至感到一陣痛感，以為盲了。

危機一過，英安吉還是在手指縫裏，看見一隻烏鴉以非常瀟灑的姿態，越窗而出，就像身懷蓋世絕技的大俠。英安吉癱軟在座位上。這是他第一次與烏鴉最近距離接觸。驚魂甫定，英安吉發現，眼前盤中的一塊未切的大肉已不翼而飛。

以為會引起轟動，周圍的食客卻仍在談笑風生。侍應笑着走了過來，也不安慰一聲，只說要為他換來一盤肉。英安吉說不必了，眼前的食物已太豐富。熱情的侍應卻是無論如何都要為他換一換。

「這是我們的待客之道，不這樣做，老闆是會很不高興的。還得說明一下，這樣的事情已很平常。我們對客人受到滋擾感到抱歉，可是面對這些神出鬼沒的烏鴉，確實無技可施，我們所能做的，就是為客人換一換美食。」

英安吉想，我此來就是要面對烏鴉，以後還會發生甚麼驚險的事呢？

英安吉已感到的不寒而慄，這時具體化了。侍應生的一番話，並沒有給他帶來真正的慰藉。也許就因為這種「水土不服」，從此，暴富的古明鎮，為他帶來了一次又一次的驚嚇。

5、

聒噪的「呱呱呱呱」啼鳴聲，英安吉在夢中已聽到了，這種聲音日後會演變成為他的惡夢嗎？被吵醒時，只見幾隻烏鴉在窗口探頭探腦，不知其中有沒有一隻是昨晚偷襲的烏鴉？

英安吉在古明鎮過的第一夜，卻是睡得很酣美，也許是連日的舟車勞頓，更可能是山裏的清新的空氣。

進食早餐時，沒有再受到烏鴉滋擾，也許是早餐簡單的緣故，烏鴉不屑一顧。

英安吉這樣想着，倒是能夠輕鬆笑了一笑。是不是自己已準備好每一餐都受到滋擾？

餐後，陳昌帶領英安吉到鎮內主要的、特別是跟他的工作有關的地方轉幾轉。非常清爽的時節，叫人精神爽利。這是個美好地方。

古明鎮的規模有多大，英安吉難以想像。也許不必猜想，既是一塊福地，當然在不斷擴大。

英安吉看到了跟烏鴉一樣壯觀的另一個奇觀，那是臨時搭建的帳篷。要說是跟烏鴉一樣多，有點誇張了，但是帳篷密密麻麻，一望無際，給人就是這麼一種聯想。不過，要是說湧到這些帳篷來的外來人，跟烏鴉一樣多，也許就不誇張了。湧到古明鎮的人太多，都來不及建屋容納，因而就湧到這些臨時搭建的帳篷來了嗎？

人都呆在帳篷外。大多數頭髮蓬鬆，目光渙散，臉無表情、隨地坐着，曬着古明鎮即使到了傍晚，比其他地方都要燦爛的陽光。看來是一個又一個的家庭組合。不僅有成人男女，還有跑來跑去的小孩子。完全沒有一種惶惑，坐困愁城的氣氛。

6、

英安吉初步的觀察，這些臉色看來不錯的男人，坐在陽光下，有着一份甚麼都不打算做，因為甚麼都不必憂心的，很寫意的神色。懶散就是一種福氣。他們正在盡情享受這份難得的福氣。

陳昌的神色跟侍應的神色很相似。凡是英安吉感到震驚的事情，他們一律有種見怪不怪的淡然。

「他們甚麼都不想做了。他們本來是來這裏淘金的，淘金不成就打工。可是這麼個小地方，哪裏有這麼多工給突然洶湧而至的人做呢？後來他們卻發現，原來，不打工，也可以活得賽神仙。最重要的是，只要他們願意這樣死魚般的，偷生苟且活下去。你願意過着這樣的行屍走肉的生活方式嗎？接納了這樣的人生態度，連孩子的將來都不必顧了，何等愜意的日子。」

「就這樣毫無人生目標地生存下去？」

「要是這麼多烏鴉都可以生存下去，這些人為甚麼不能？」

「人類向烏鴉學習過日子的榜樣？」

這是個奇怪的，叫人不寒而慄的邏輯，可是在古明鎮這樣的環境下，過起這樣的日子也順理成章。只是，人類向烏鴉學習過日子的榜樣，這樣的想法上了心頭，就叫人覺得彆扭。人處於某種環境，就會出現退化。

但造成這種環境的，其實是人心。

英安吉見識過，確信古明鎮是暴富的市鎮。就像暴富的人，揮霍無度，身邊不論跟了多少幫閒，都不在乎！

古明鎮佔地很廣的，環境幽美的大公園，有明文規定，遊人可以進內散步，卻不可以作為棲息之地。大概是受聘而來的公園設計師，把文明世界的不明文規則，介紹給古明鎮，古明鎮人也言聽計從。

所以大帳篷儘管遍地開花，卻不會建到大公園裏來。

烏鴉卻不會明白文明世界的這些不明文規則，把大公園給霸佔了。

公園周邊以及園內種植的排列有序的樹木上，都成了烏鴉的天地。牠們的窩，密密麻麻地築在樹上。園內遊人稀少，甚至可說沒有。烏鴉把遊人驅逐出去了嗎？烏鴉似乎已築起了一道圍牆，誰進入圍牆內，就像進入了烏鴉包圍圈，毫無逃生之路。聒噪的「呱呱呱呱」啼鳴聲，向進入園內的遊人發出警示，你已進入了烏鴉王國。「呱呱呱呱」啼鳴聲，在這裏顯得更尖銳了。

陳昌意會了英安吉的想法，點了點頭說，該小心點。園裏的烏鴉跟別處的烏鴉，又有不同之處，這裏是烏鴉的大本營，這裏的烏鴉算得上是牠們的軍人。

「會攻擊人？」

「烏鴉似乎已分辨得出來人是否有敵意。攻擊人的可能性是不能排除的。」

眼睛睜得圓圓的烏鴉，在英安吉和陳昌走得愈來愈近的時候，都企立在巢窩的邊緣，是一種守護家園的姿態。

人類從來對烏鴉都沒有好感，牠們是不祥物。

《自然》雜誌有關烏鴉，還有這樣的描述：「烏鴉變得愈來愈聰明並不是一種生理上的需要，而是一種社會需要。群體生活非常複雜，為了優化並適應生存環境，烏鴉就需要揣測甚至預測將要發生的事，當烏鴉發現其他烏鴉把食物藏在某個地方，牠們就會去偷。」

古明鎮的烏鴉進化了，牠們不僅去偷，而且在光天化日之下去搶了。

人類為了生存，會捕殺其他生物，所以人類其實更加殘暴。但人類還會進行各種的營生活動，而烏鴉，明顯只有搶掠才能生存。

陳昌說：「湧來古明鎮的移民，也不僅僅這些只管曬太陽，無所事事的人。勤奮進取的人，也開始開墾土地，養豬養鴨，種植蔬菜。他們是準備在這裏生根的。古明鎮靠着金礦起家，有了黃金，各種物資就可以從外地源源不絕運來，但移民也開始開展了其他他們有專長的行業。一個地方之所以能成為一個地方，是因為有人聚居。一個地方再怎樣，總要有人保持活力。如果人的活力全沒有了，只剩下金錢，這樣的地方必然會死。值得一提的是，古明鎮原居民原本就開墾了不少土地，發達了，當然不願意再勞碌，他們就把這些土地讓給新移民，讓他們開展不是寄生蟲的新生活。」

「這是好現象。」英安吉說。

「人的惰性一發作，就難以收拾了。惰性成了風氣，會持續到甚麼時候呢？會惡化到甚麼程度呢？在我看來都是未知數。說是人受到烏鴉的影響，但人本身的因素是主要的吧。我剛才提到的樂觀因素，說移民也是要很積極過日子，是刻意這樣說的，這類人真的很少。人處於不樂觀環境，反而刻意去說些樂觀的話。」

英安吉詫異地望了陳昌一眼。這位年輕人，表面上看來已被這種環境和氣氛同化了，原來真的還有這樣的想法嗎？

英安吉又聽到陳昌笑着說：「移民到這裏的人，相信都是因為吃的問題難以解決，才決心移民。移民到了世界任何角落，只要一有條件，就會想到經營菜館，這種情況，應該也是跟要解決吃的問題有關吧！移民到古明鎮的人，也不例外。古明鎮已成了施展廚藝最合適的地方。原本就是窮山惡水的古明鎮，哪裏會有自己特色的廚藝？來自五湖四海的廚師，找到了用武之地。」

英安吉在招待所享用過的盛宴，應該是最高級食肆。而如雨後春筍般湧現的食肆，是以無邊無際的帳篷作為根據地的。它們是平民食肆。雖是平民級別，其實是很高級了。

只要轉了幾轉，英安吉已明白，古明鎮好像永遠都在開着美食嘉年華會。坐在晴朗的露天廣場下，滿目都是似乎會發出笑聲的叫人愉悅的食物，古明鎮變成了一個奢華之地！

奢華是文明世界的特徵。古明鎮與文明世界的來往已愈來愈頻密。每天從文明世界運來的各種材料，以食料最大宗。也許古明鎮已是文明世界的一部分？

英安吉閉上眼睛，搖了搖頭。以古明鎮的狀況，算得上是甚麼文明？也許從文明世界首先輸入的，是文明世界的渣滓。

陳昌瞇着眼，望着無邊無際的帳篷，說：「除了金飾製造技師、建築工匠，對古明鎮影響最深遠的，也就是外來的飲食文化了。民以食為天呀！對不？因為影響到日常生活，影響特別顯著。這些帳篷，最能顯示移民的特徵。有專門技藝的，就會創業。你看這些帳篷，有半數是經營食肆的。你會感到奇怪嗎？哪裏來的這麼多的食客？這些食客，就是你剛才在帳篷外看到的那些無所事事的人。他們海嘯般湧到這個傳奇地方，但哪裏會有這麼多工作？找不到工作，原本應該是生活無着，窮困潦倒。連他們自己也無法相信，原來他們來到的真的是一塊福地，三餐無憂。那麼，食用所需的金錢是怎麼來的？原來暴富了起來、不願再操勞的、無所事事的原居民，最喜歡在這些食肆流連，享受天下各種新奇的精致美食。他們本性純樸豪爽，不把外來人當是廉價勞工，而像對待客人一般，既然是終日在食肆流連，不免有時也宴請了這些人。」

陳昌說着，輕輕歎息了一聲。他說：「新移民取得食物，卻不是主要靠這個，而是由於一種奇異的現象，這種現象，你自己在招待所也親身經歷了。」

陳昌沒有虛言，英安吉果然很快就見識了這種奇異的現象。

在古明鎮這個地方，奇異的現象都變得很正常，都符合邏輯。一切又是如此昇平、和諧，像是到了桃花源般的，有種很愉悅的感覺。但英安吉，以他自以為還保持着正常的目光看來，卻是深感不安。因為他一直在思考一個正常問題：這樣的情況有可能持續下去嗎？

7、

英安吉安坐在一間帳篷食肆，享受美食。這是融入當地生活，體驗他們的生活方式的最好辦法了。這樣的融入方式太美妙、舒服了。

在古明鎮，平和的氣氛，會被一件突兀的事打斷。

明朗的天空突然變得一片昏暗。英安吉還來不及失聲地叫起來，一群烏鴉已像一群轟炸機，鋪天蓋地疾飛而來。帳篷食肆不像招待所，可以說無遮無擋，烏鴉以美妙姿勢，低飛着進入帳篷，所到之處，餐桌上的食物早已減少了一大半。不必夥計急急忙忙趕來驅趕，牠們已像一片烏雲，消失在遠方了。

侍應匆匆忙到，其實也不過做個樣子。正如那天傍晚英安吉在招待所看到的場景一樣，夥計一路趕來，一路大叫：「實在對不起，把大家都打擾了。現在馬上為大家換上新的食物，大家稍候即可。謝謝大家包涵。」

夥計的聲音還沒有落下，早就有一群從帳篷食肆外衝進來的人，把餐桌上，剛被烏鴉搶掠過的食物，一下子全都搬走了。

夥計笑咪咪地望着他們，很感謝的樣子，因為不必麻煩他們搬動這些勢必被棄置的食物。

噢，英安吉恍然大悟，三餐無着的人，每天的美食，就是這樣得來的。

原來，這已成了日常慣事，不僅不認為是一種滋擾，也許也被視為在沉悶的生活裏，製造一點刺激，一點情趣。

有些邏輯，在古明鎮，才能言之有理。

英安吉猛然悟出一個道理，連自己也吃了一驚，怎麼自己也滋生了這樣的想法：古明鎮遊民的存在，絕對有理。要是沒有了他們，這些過剩的食物，要如何處理呢？

也許不論是遊民或侍應，都感到這是很圓滿的配合。烏鴉要是真的會思想，牠們會怎麼想呢？但遊民肯定會認為他們跟烏鴉才是最圓滿的配合。要是沒有了烏鴉，他們的肚子要怎麼解決呢？

8、

如此揮霍無度，垃圾桶應是古明鎮最重要的不可缺少的東西。

古明鎮的垃圾桶，是世界上最為奇特，也是最為混亂的垃圾桶了。古明鎮把垃圾桶的用途，完全搞錯了。

為甚麼要設立垃圾桶？如果答案是用來收集垃圾，古明鎮的垃圾桶可說是虛設的。

古明鎮的垃圾桶沒有加蓋，古明鎮人似乎要跟烏鴉來個約定，你們餓了就去翻垃圾桶找食物吧。垃圾桶設計，是要成了烏鴉的食物儲存處。

人類的善意，烏鴉不領情，牠們要的是餐桌上最新鮮的，不是垃圾桶裏的食物。古明鎮似乎也認可了。

人類的縱容，助長了烏鴉的陋習，不僅戲弄，甚至傷害起人類來了。

一個人在街上走着，冷不防群鴉從後面疾飛而至。頭上或背上一陣劇痛，烏鴉已帶着「呱呱呱呱」啼鳴聲，在頭頂飛越而過。烏鴉下爪傷人時，力度是輕或重，似乎全憑牠們的意志。也許牠們真的有記憶力，認出了某個人對牠們有敵意，就對他懲罰。有時，烏鴉傷人後，又輕鬆地轉了一個圓圈回來，「呱呱呱呱」啼鳴了一輪，就像發出了勝利的歡呼聲。

烏鴉發出歡呼聲，叫人噁心。不過，更加惡作劇，更加叫人狼狽不堪的事情還在後頭。一個人走在路上，拍打着翅膀的群烏飛過。一個人只覺得有甚麼軟軟的東西，落在頭上、身上，原來是烏鴉撒下了鳥糞，就像一條一條麵線，落了下來，別說身上了，一路上都是鳥糞。古明鎮的人，都是在鳥糞滿路的路上走的。烏鴉因為已經成了食肉動物，牠們的排洩物發出惡臭。

其實，就是在食肆，當烏鴉像轟炸機一般發動進攻，在剎那間，也會肆無忌憚，把排洩物落在食客身上，食物上，然後耀武揚威離開。

古明鎮用食物去籠絡烏鴉，以達到馴化目的。豐盛的食物大大增強了烏鴉的繁殖能力，看來，攻擊能力也大大加強了。

想起來，這也真的很符合邏輯。但古明鎮人這樣容忍烏鴉，卻是英安吉最想不透的邏輯。

英安吉想，烏鴉是否也會像人類一般，因為有了制空權，更加有效地，無時無刻地觀察着人，甚至可以覺察到人的對牠們不利的異動？

當烏鴉發動攻擊，是否有哪頭烏鴉王在發號施令？

古明鎮的烏鴉橫行霸道，英安吉心裏頭無端地升起了一股寒意，他想，他是不是也像古明鎮種種不可思議的現象那樣，心態也變得不可思議？

然而英安吉心中的寒意是實實在在的。如果烏鴉真有那樣的智慧，烏鴉怕已經察覺到他這個外來人的敵意了。這麼多烏鴉，要是向他發動攻擊的話，一定比起恐怖電影裏的場面更加恐怖，他保得住一條命嗎？

最危險的是，古明鎮的人會認為英安吉這種想法近乎天方夜譚，他就不會得到應有的保護。但英安吉也覺得自己的這種想法，不可思議。

9、

既然是受聘而來，酬金不菲，就責無旁貸，理所當然要履行自己的職責，不能為了自己某些無稽的虛幻的想法，就在無數人洶湧而至的時候，自己反而退縮離去。

英安吉擬出了包括了三個步驟的治理烏鴉的計劃。

第一步驟：切切實實地杜絕烏鴉的食物來源，這就必須把全鎮的垃圾桶整頓，更改設計，恢復垃圾桶該有的樣子，一定要加蓋，有系統管理。

英安吉對於古明鎮垃圾桶的觀感，變得極度惡劣，是自從他遇上了來到古明鎮後的第一場春雨開始的。雨中的古明鎮變得面目全非。古明鎮雖然暴富了起來了，畢竟沒有文明的底蘊，很落後的一面很輕易暴露了出來，首先就是垃圾桶。

古明鎮的垃圾桶，比起任何城市都要多，因為沒有桶蓋，一下雨，就積滿了水。令情況更加惡劣的是，古明鎮的垃圾，比起其他地方都要多，而且都是廚餘，滿瀉了出來。到處都是油膩膩的，路面滑溜溜的，比起爛泥路都要難行。富有詩意的，可愛的春雨一下子變成了令人厭惡的污水。

雨天下的古明鎮鎮民縮着脖子，擠在古明鎮不多的屋簷下。對着黑沉沉的天空，露出無奈的神態。無邊無際的帳篷更加抵擋不了狂暴的風雨，曬太陽的無所事事的人，就再也沒有辦法露出神仙一般的悠閒神色了。也許雨天就是古明鎮的惡夢。

烏鴉卻顯示了活力。牠們在天空中自由飛翔，遠離此一刻混亂的人間。牠們的烏巢，肯定不會如此不堪。

英安吉感到了古明鎮的病態。古明鎮從雨後恢復過來所需要的時間，比他想像的要長。英安吉慢慢地，卻又不安地察覺出古明鎮人的一種心態，即便是他們最厭惡的事情吧，都希望以自然消失的方式消失。至於消失得快不快，倒是並不太介意。古明鎮民慢人半拍，主因是懶得動一動。事情哪有這般理想？如此一來，令人厭惡的東西不但消失不了，反而增加了。

滿天飛翔的烏鴉的問題，就是由此而來。烏鴉的活力比起人都要強，要是牠們真有人的智慧，古明鎮真的該由牠們統治才對！

英安吉想，他的第二個步驟不但必要，也是刻不容緩的。把古明鎮的樹木砍掉至少一半。在其他城市，這種想法當然不可思議，極度荒謬，因為任何一座城市都會積極綠化。但為了驅趕烏鴉，讓牠們失去棲身之所，還有更好的方法嗎？作為補償方法，在遠離古明鎮的地方，廣植樹木，把烏鴉吸引過去。

廣植樹木的想法也許可笑，因為古明鎮周圍，就是漫山遍野的綠樹呀！問題應該是，如何把烏鴉吸引過去。

第三個步驟，為了進一步杜絕烏鴉的食物來源，也可以說，為了避免牠們的滋擾，必須把露天食肆，無邊無際的帳篷，改建為室內酒樓。

這個工程可說太大了，但古明鎮不是要發展嗎？城鎮的發展，就是把飛鳥驅趕的最有效方法。這已經是由無數現代城市的發展證實了。留下來的雀鳥也不過是作為城市的裝飾品而已。如果類似禽流感的疫症發生，更隨時會把牠們趕盡殺絕。

英安吉把最初步計劃，介紹給陳昌聽。陳昌的反應再直接不過，簡直是目瞪口呆。

「這是向烏鴉宣戰了！」

「這是必然。」英安吉說。

「僅這三個步驟，要動用多少人力物力？」

「財力沒有問題，古明鎮不是太過有錢了嗎？不要太浪費在食物上了。用金錢來對古明鎮進行有用的建設。至於人力，更加沒有問題。不是太多無所事事的人了嗎？不能再讓他們不付出勞力，就可以得到食物，惰性的作風是最壞的，要是這樣助長，後果難以想像。」

「你對古明鎮還不了解。」陳昌剛把這句話說出，立即伸手把嘴巴掩住。他略顯尷尬，隨後婉轉地說：「由帳篷搭成的食肆，是古明鎮最壯麗的奇觀，也成了古明鎮的生活方式，就這樣把它改變了？」

「改變是古明鎮的發展方向呀！」

陳昌再沒有話說，只是笑着點了點頭。

英安吉畢竟是感覺敏銳的，他感受得到，剛才的談話，陳昌的淡漠反應全然出乎本能，是不是也是整個古明鎮人的心態？明顯是相當美好的生活，誰想勞師動眾去改變呢？

古明鎮原居民的心態如此，新移民恐怕也不會例外。也許只有英安吉是特別的。英安吉顯得特別，原因是不是正如陳昌所說的，他對古明鎮還不了解。

英安吉原本還有個更激烈的方法，佈下天羅地網，把烏鴉捕捉，這才是名副其實的宣戰，但親眼看到烏鴉這樣具侵略性，這麼眾多，採取這樣激烈的行動，會出現怎樣的情況？英安吉無法否認，他心裏是有怯意的。

10、

陳昌突然消失得無影無蹤，英安吉最初感到意外，這哪裏是可能發生的事？開始有些憤怒，最後整個情緒完全讓位給不可思議、驚訝、荒謬、絕望。

人生路不熟，凡事需要有個助手幫忙，不然，就寸步難行，無可適從了。古明鎮是個甚麼地方？也許陳昌說對了，英安吉對這個傳奇市鎮極不了解。

按照常理，作為一個助手，就是有事，也應該知會一聲。英安吉突然想起，自從他來到古明鎮，除了陳昌，沒有人跟他建立起工作聯繫。

英安吉一下子心慌了，尋找陳昌的下落，成了他主要的工作。找不到陳昌，英安吉只能成為一個普通移民，無所事事。如果這樣呆下去，他成了遊民完全不奇怪。

英安吉決定去鎮公所了解一下。但英安吉看到的，又是匪夷所思的奇景。

英安吉一露面，鎮公所裏面的人員，一律以奇異的目光望着他。但這已經是最好的反應了。

原來，沒有一個人員打算接待他。好像英安吉只是想來這裏走一走，並不是為了辦甚麼事而來。氣氛是閒散的，但正是這種氣氛，把英安吉鎮住了，英安吉不敢往裏走。

倒是守在門口，一位貌似小廝的人，算是最熱情的人，不過，也只是拿眼睛望着他，朝他點了點頭。英安吉這下真的着慌了，求救般地說：「我來找陳昌，他是古明鎮派來做我的助手的。」

這人一聽，露出一副聽到莫名其妙的奇怪問題後才會有的笑容。他朝裏面的人咕嚕了一句甚麼，裏面的人同一時間露出一副跟貌似小廝的人同樣的表情，他們略為交流了一下意見，從肢體動作很明顯在問：有這樣的事嗎？

眼前這個貌似小廝的人說：「我們不知道你所說的陳昌在哪裏，老實說，陳昌是誰，我們也不知道。」

英安吉心裏很惱怒，卻不敢流露出來。古明鎮很陌生，莫名其妙的事隨時會發生。

英安吉毫無戒心，把它當是暴富了的、卻是正常的市鎮，這種誤會，隨時都要遇上大麻煩。

貌似小廝的人看出英安吉垂頭喪氣的樣子，說：「也許你所說的陳昌被調走了。」

「那麼也應該通知我一下，也要作出其他人選安排。」

「也許會有公文給你。」

「甚麼時候我可以接到公文。」

「這就不是我可以知道的事了。」

英安吉情不自禁抖索了一下，確實，是對古明鎮的陌生而害怕抖索。也可以這樣說，重新對古明鎮略為了解後而害怕抖索。

在古明鎮，一切都是不急的。要是你遇上了一件緊急事，也要設法讓自己把它當是一件不緊急的事。「急」這個字，在古明鎮人的生活意識裏，早已被忘記得一乾二淨。

英安吉自省，他的工作就很緊急嗎？不禁苦笑了。從來沒有人催促他，相反，古明鎮人倒是把這件事給忘了。

說來也感覺很奇怪。英安吉自從來到古明鎮，看不到古明鎮發生過甚麼緊急的事。像救護車和消防車尖銳鳴笛聲，是聽不到的。

古明鎮的生活節奏是如此慢吞吞，即使原本是急事，也變得不急了。譬如懷孕的女人，很早就在產房侍產。古明鎮街道車輛撞倒人的事情是不可思議的。有誰急得要用車輛？

必須承認，慢吞吞的生活方式，被有條件過這種日子的古明鎮人很快接受了。確實，如果有條件的話，幹嘛不過這樣的日子呢？

英安吉想起了一個有趣問題，如果他堅持以飛快的速度生活，而古明鎮人以慢吞吞的速度生活，他的遭遇會怎樣？很簡單，他的日子會過不下去。他以住慣繁華都市的心態，在古明鎮過日子，如何了得？

11、

英安吉突然找到陳昌，已沒有了驚喜感覺，反而是莫名其妙。英安吉的整個感覺只是很奇怪，他原本是懷着使命感，他是來拯救古明鎮的，突然被轉換了另一個角色，變成了被救的人。英安吉不再是救星，陳昌才是他的救星。

英安吉急切說明，他的計劃是經了慎重考慮，也切實可行。

陳昌聽了，慘淡笑了起來。

「不是這個問題，這不是問題的關鍵。你作為專家，至少我，只有完全信任的份兒。我絕對有理由相信，在古明鎮，再也找不到這樣完美而又實際的計劃了。也找不到一個人，如此誠心誠意操心着這件事。不，我們面對的是程序上的問題，這才是問題的關鍵。我該怎樣對你說呢？這份計劃書，我一時還不能呈交上去。我的上級不喜歡在同一時間收到多於一份的計劃書或是報告書。而我在不久之前，才把一份報告書呈交上去。我明白你很難理解這種情況，但等你住的時間長久一些，以你的聰明，就能明白。」

英安吉試着問：「那麼我這份計劃書，甚麼時候可以提交上去呢？」

「這個由不得我來決定。」

「那麼由誰來決定呢？」

陳昌這位年輕人似乎察覺到英安吉語氣裏的不耐煩，用極其溫文的語調說：「當然是我的長官，我的上級。當他把批閱好了的文件交給我，我才能把另一份文件呈交給他。當然，這也得看他的心境，如果察覺到他累了，心境不那麼好，我也不敢立即就提交另一份計劃書。況且你的這份計劃書，算是較為複雜了，也較傷腦筋。這就得另看時機。」

「這需要多長時間？」

陳昌慘然笑了一下。

「這個我真的不知道，要看長官。」

「這樣說來，你或其他人或長官手頭上的文件，都積壓了很多？」

「你這個想法倒是錯了。我手頭上除了你那一份，再沒有別的了。在古明鎮，提交文件絕對是一件迫不得已的事。事實上只有很少人才會想到要提交文件。提交文件不是古明鎮的生活方式。再說，其實你何必這樣焦急呢？這麼多的烏鴉已存在了這麼多年，古明鎮也習慣了。雖說始終都要解決，但也不是急於一時。看來你是個很有責任感的人，這是很大優點，」陳昌這樣說着，又慘然笑了一下：「在古明鎮，這就未必是很大優點了。其實在古明鎮，這是很離地的做法。如果在這一點上你多觀察思考一下，以你的聰明，很多事情都會弄明白。」

英安吉歉意地對着陳昌笑了笑：「我真的太焦急了。」

英安吉想起了一件事來。他說：「我也許是被一件事迷惑了。無邊無際的帳篷食肆迷惑了我。我以為那是興旺的現象，呈現的是非常大的活力。」

陳昌聽了還是慘然一笑，說：「那是最初的境況。最初湧來的一批移民，確實有熱火朝天的幹勁，他們開墾荒山野嶺，為的是要在陌生地方建立自己的事業。任何人移民到另一個地方，正常情況下都有這麼一股幹勁。在古明鎮，食肆的經營沒有必要經過公文的批核，加上他們肯流血流汗，無邊無際的帳篷食肆就很快形成了。最新來的移民，發現無所事事，也可以每天享受盛宴，這種動力和壯志已消失得無影無蹤了。」

英安吉默默地點了點頭。

臨了，英安吉向陳昌提起了他在鎮公所遇上的事。陳昌很認真地看了他一下，說：「古明鎮的官階，是與其他地方不同的。古明鎮的官階是以勤奮的程度來計算的。這並不是說，你愈勤奮為民，官位就愈做愈大。在古明鎮，還沒有升官發財這樣的概念。你聽了我這番話，也許又要一頭霧水了。你只需要記住一點，古明鎮人是不喜歡做官的。他們喜歡過無所事事的日子。在古明鎮，做官，只意味着一件事，那就是要做事。只有勤奮的人才肯做事。你在鎮公所看到的貌似小廝的人，極可能就是鎮公所官階最高的人，因為他最肯做事。坐在裏面的人，只不過是做做樣子，極可能坐了一會兒就離開了。我的上級，就不會坐到鎮公所的，並不是他懶散，而是他還有點動力，到處走走，看看古明鎮出了甚麼問題。聘請你來古明鎮，主要是出於他的主意。」

英安吉摸了摸腦瓜子：「他一個人的主意？」

「你還想要有多少人的主意？」

「至少是一個集體的決定。」

「你的意思是開會甚麼的？」

「還用問？不是很正常的事嗎？」

陳昌似乎未曾說過這麼多話。他吞了吞口水，說：「要記住，在古明鎮，談官階是沒有任何意義的事。只有勤奮一點的人，才自願出來做點事。但古明鎮勤奮的人，勤奮程度絕對不能跟其他地方的人相比。對於古明鎮人來說，這樣的比較是很荒謬的事。在古明鎮，任何人都不會想到叫任何人去開甚麼會議，事實上是不好意思這樣做。這樣做好像是叫人家請你吃飯。不，不，這樣的比喻不好。在古明鎮，請吃飯太尋常了。應該怎樣比喻呢？就像要人家給你幫個很大的忙。」

英安吉笑了：「我明白了，你就是一個勤奮的人。」

陳昌笑說：「你在嘲諷我吧。在古明鎮，要取笑人，就是這樣讚揚。」

陳昌又說：「看來你很走運。你第一次到鎮公所，竟然可以看見裏面有這麼多人，還有個小廝模樣的人答理你。其實，在大部分時間，鎮公所都是空蕩蕩的。」

12、

英安吉心裏很鬱結，他弄清楚了古明鎮真實情況後，覺得自己真的變得無所事事了。他的等待會變得遙遙無期。

掌握了無限時間，本來應是快樂的感覺，卻變成了被遺棄的感覺。在古明鎮，如何變得快樂呢？看來要培養出惰性來。

英安吉無法看得出來，在古明鎮，是否有些人像他，因某些重要的事情應聘而來？他們就像一腳踩進了泥潭，再也難以自拔？

英安吉過得非常空閒的日子裏，發現那些因為事務而必須經常來往古明鎮的人，愈來愈多選擇逗留下來。這類人當中，以貨車司機和小商人為主。暴富的古明鎮大得驚人的物質需求，就是靠着他們運送供應的。這些勞碌奔波的人到過古明鎮無數次，眼看不必奔波都可以過着安逸的日子，活脫脫是桃花源，頓悟了一般，人生苦短，何必如此勞碌，選擇「放下」「自在」，就再不想離開古明鎮了，有家室的，自然也把家人搬了過來。

由於這些人逗留了下來，就必須有新的一批填補他們，新的一批來古明鎮的次數多了，就像被磁石吸住了一般，不想離開了。

閒人就像烏鴉一般，多了起來了。

英安吉突然萌生了一種恐懼。僅僅這一批人，如果讓他們知道了他的改革計劃，他的命運將會怎樣呢？烏鴉和人會夾擊着他。

古明鎮就連天氣都是個得天獨厚的市鎮。英安吉從未遇過炎熱和嚴寒。太陽總是那麼溫煦地照耀着。雨天竟然是那麼少。

讓居民安逸地，不知不覺，度過一天又一天。

英安吉也曾驚覺到自己已淪落成了多餘的人，但逐漸感到，這樣過日子也很好呀！

空中的烏鴉也沒有以往那麼多了。地面上的烏鴉反而愈來愈多。牠們走起路來搖搖擺擺，愈來愈像那些鎮日裏躺在路邊歎世界的人。牠們也厭倦了飛翔了嗎？無所事事才是最好的生活方式？由於牠們更多逗留在地面，而且總是慢條斯理，就可以觀察到牠們的神色，很高貴，帶着其他地方的烏鴉所沒有的不必勞碌的福氣。

13、

英安吉很久很久沒有見到陳昌這位年輕人了。固然是因為陳昌這個人難找，更主要的是，英安吉已完全沒有了要找陳昌的意慾。

終於有一天，英安吉遇上了陳昌。他一點兒也沒有驚喜，也沒有向陳昌問起他的計劃書的事。英安吉的神色，好像覺得一切都無關重要。

英安吉即使再迷失，也都知道自己的靈魂丟了。

陳昌對英安吉的變化一點兒也不驚異，這樣的人太多了。

人性和性格這兩種無形的東西，可以像緊箍咒一般，使人類無法掙脫。

人性中的惰性正主宰着古明鎮，再怎樣堅強的性格都會被侵蝕。

其實，英安吉並非那麼迷失，甚至只是假裝迷失，他已進入冷眼旁觀的狀態。因為他知道，要像以往那樣一心一意要有所作為，是愚不可及，自討苦吃。

他堅信，沒有任何事情是永恆的。古明鎮的事情發展到極致，惡劣到不可承受，就會較有作為的人出來做事，收拾殘局，這樣做會很受鎮民歡迎，因為大家都蒙受其害了。

陳昌可能就是這樣的人之一。到了那個時候，英安吉的計劃就會很順利展開，而且不愁沒有人幫忙。

這樣的遠景，就像一場美夢，使英安吉在沉淪中，仍感到有一股支撐的力量。人性和性格這兩種無形的東西，必然會催生另一種怪物。

這種怪物跟惰性的性質完全相反，是充滿動力的。

那就是權力。

因為權力這個因素，古明鎮必然再次發生天翻地覆的改變，比起發現金礦帶來的變化更大。

那個時候，就不再是人人害怕當官。由於人人都想有一番作為，都想當官，而且必然掀起權力鬥爭，所帶來的無比強大的動力，會令古明鎮很快就崛起，變成名城。

其實，整個文明世界的動力，都是來源於此，是發展的動力。

這將會是古明鎮發現金礦後的另一次巨變。

尊與卑

甚麼是尊，甚麼是卑，有時是個模糊概念。

1、

總會有那個時常來公園閒坐，打發時光的老人家，遇上這位油漆匠。很可能，老人家坐着的長板凳，正好是油漆匠此次要來重新上漆的那一張，這樣一來，就得麻煩老人家挪一挪位置，坐到另一張長板凳了。

老人家和油漆匠，通常會很客氣閒聊幾句，無非是有關天氣、飲茶之類的閒話。

老人家不會耽擱油漆匠太多時間，幾句閒話聊過，就站起來，說道，你這個長板凳的慈醫，來得正好，這條長板凳的油漆都剝落得七七八八了，該讓你師傅來修補修補一下了。

交談總是愉快的。有這樣的親切氣氛，與談話的內容關係不大，而是兩人性格都隨和、豁達，惹人心情愉快。

細看油漆匠整個人，就知道他的外貌是由他的工作環境塑造而成的。他整個人早已變成一塊黑碳了，像被火燒過了一般。要是拿一根火柴來給他作個比喻的話，在他整個身體燃起之前，首先燃起的應該就是他的頭顱了。

他的頭髮真的很濃密，漆黑如夜，就像吸取了充足陽光、水分和空氣，像植物般瘋長着。

臉孔因為時常受到太陽從各個角度照射，也黝黑得像被燒焦了。整個身體看起來，就有點像廢墟了。一座如被燒通頂的房屋。

這種奇特外貌，引人好奇，也引來了敬畏。他母親為他生下來的幼嫩肌膚，經歷了多少風吹雨打，可說是千錘百鍊了。大自然母親再為他塑造了一次，你敢說不完美嗎？是兩個母親的產物呀！

像被火燒過一般的黝黑，絕對是經過四季的洗禮，渾身就散發着春夏秋冬的氣息、花草的氣息、清新空氣的氣息，是大自然所有醉人的氣息揉合在一起的氣息，造就了他比一般人都要平和、爽朗、粗獷、堅韌的性格。

總有健談的人跟他搭訕，話題就不止是天氣、飲茶了，最後總要談到長板凳。

「你長長的一輩子，生來就為了服侍這些長板凳？」

「這是我的福氣。」

「你為多少張長板凳，上過了油漆？」

「要數，哪裏數得清。」

「看你上油漆，做得非常仔細，好像他們都是你的子子孫孫了。」

「要是真的都是我的子子孫孫，我真的有這麼大的福氣？」

問的人，甚麼口吻都有。讚歎的最多。

油漆匠回答人家的問題總是笑呵呵的，這就是他給人爽朗、粗獷的感覺。他回答問題，早已駕輕就熟，全然因為他已有了一套應對的話，是經了深思熟慮的得體。

回答問題時，油漆匠恍如投入另一個世界，因為他真正的知交，就是長板凳。

油漆匠一旦進入長板凳的世界，迷路了一般，再也走不出來。他喜歡這個世界。

一個他得到了無限好處的世界。

最大的好處是甚麼?做油漆匠的日子愈久，他就愈懂得了謙卑。而且愈來愈感覺到，謙卑很重要。這重要一課，是從長板凳學到的。

2、

聊天的時候，因為是別人對油漆匠抱着很大好奇，所以話題總是由別人主導。其實他自己有很多話想說，但一想到，自己在別人眼中，已與眾不同，要是再說些古怪的話，他更加不是這個世界的正常人了。

他想說的，都是心底話。

自言自語時說的也是心底話。

「長板凳是一個很特別的世界。一張長板凳一出世，沒有經歷過幼年、童年、少年、青年時期，而是直接就進入成年人世界，為人服務了。態度總是極其謙卑，無悔無怨，不論是風裏雨裏，都堅守在自己位置上，只等着你來，讓你累了來坐坐。一個人只要懂得想，一張平平凡凡的長板凳尚且懂得過這樣的日子，人也立即就會變得謙卑了。你能找到這樣的人嗎？不敢說沒有，怕是鳳毛麟角。而這樣謙卑的長板凳，到處都是。」

油漆匠每每這樣自言自語，整個人就感到進入了一個至善的境界。長板凳是個美麗的世界，完美得叫人不敢相信。油漆匠很怕人們看到他這種陶醉在美麗世界的樣子，一個人怎麼無端端就激動得如此不像樣子！但他的激動卻是真得無可再真。

「長板凳永遠都是孤獨的，你留意到了嗎？很少有兩張長板凳靠在一起。坐着的人跟長板凳雖然零距離，卻是零交流。有誰曾對長板凳懷過感恩之心嗎？不敢說沒有，說不定有哪個落難的露宿者，在一段長時期內，靠着長板凳做他的床鋪，度過漫漫長夜。他可能會說一句：沒有你，我就更淒冷了。」

「長板凳給人家的好處，多得簡直不必多說了。我想說的是長板凳受到的待遇，簡直叫人難過到極，關於這一點，我最清楚不過。要是一個人規規矩矩坐着，甚至，他疲累了，整個人躺了下來，他也算得上是個大好人了。長板凳遇上的一般惡劣的情況是，有些不如意的人，譬如說，酗酒的人，在發洩惡質情緒的時候，會把空酒瓶狠狠地砸在長板凳上，就像他們的所有仇恨，都是由長板凳引起的。人不懂得想，就算長板凳是由甚麼特殊材料造成的，也會受損的呀！」

「長板凳總是不吭一聲，它也許在想，世間那怕是誰，都有不如意，煩惱的時候。我就對他們寬容一些吧，讓他們發洩發洩，發洩完了就會穩定下來。長板凳確是老實、憨厚。只可惜，不論是物或人，有這樣難能可貴的稟賦，在這樣的世道，會被當作是傻子，不但得不到尊重，還會被欺負。」

油漆匠長歎一聲。

「你看那些在假日總是喜氣洋洋聚集在公園裏舉行生日會的女人，總是把甚麼東西都放在長板凳上，當她們離開的時候，長板凳已滿是肉汁、果汁跡，變成了大花貓了。這樣做真的有甚麼好處嗎？你們下個星期來，不還是坐在長板凳的身上。坐在長板凳給弄骯髒的身上，真的會更舒服嗎？

「其實長板凳是從來都不吭聲的，它必定在想，她們難得可以喜氣洋洋過一天，也不容易，看來是樂極忘形，何必跟她們計較？」

油漆匠與長板凳日夕相處，在潛意識裏，已相信長板凳是有靈性的活物。

3、

要是有一天，長板凳突然完全消失了，這個世界會變成怎樣？

油漆匠想起這個可怕問題，黝黑的臉龐上閃過的表情，就像閃電劃過漆黑長空般明顯。那是他雙眼的目光和白牙所發出的閃電！

油漆匠不知從甚麼時候開始，已養成了一種愛好，喜歡看看世界各地的各種各樣的板凳。不論是在圖片上，在電視上，只要一看見長板凳，他都會眼前一亮。當一個人時時刻刻留意別人不可能留意的極平凡的東西，就可以知道他真的對這種東西入迷了。

有一次，油漆匠看到了一張圖片，他不僅眼前一亮，簡直心中一顫了。

圖片上的板凳不是主角，它只佔圖片上最不顯目的一個小角落，整張圖片的主體畫面是一片荒野，長滿了野草。

攝影家在這個畫面要表達些甚麼呢？就是一種荒野美嗎？

油漆匠認定了長板凳才是主角。

長板凳破破爛爛的，要是在我們城市，早已不知道要被廢棄到甚麼地方去了。但正是這張長板凳的破破爛爛，叫油漆匠心中一顫。

在這荒野，還有這麼一張板凳，它的破破爛爛已不重要，長板凳本身所代表的溫暖、體貼，瀰漫在整個畫面，濃烈得叫人相信，這張照片就是表達溫暖的一張最好的作品。在這樣特定的環境背景下，最沒有心肝的人都會體會到板凳的好處。

在這樣的荒野，一個疲累的旅人，即使是坐在這麼一張破破爛爛的長板凳上，也會感受到一種溫暖。

油漆匠出於他的職業本能，想着要是能為這張長板凳上一上油漆，該多好呀！

油漆匠從長板凳的視野出發，不但留意那些有長板凳的圖片，發展到後來，就是那些沒有長板凳的圖片，他也留意了。因為沒有長板凳存在的地方，就更能反映出人間的悲慘。難民流落在沒有長板凳的地方，躺滿一地，就是缺乏溫情的最明顯表現。

謝謝這些圖片。油漆匠想着。這些圖片擴闊了他的視野。讓他對長板凳有了更濃厚感情。

「要是多些人懂得板凳的好處就好了，就會明白失去了才會懂得珍惜這句話的道理。長板凳是一個多情的世界，就像那些老實而又善良的人種，因為人間的欺善怕惡，讓這樣的人愈來愈稀少，這有甚麼好處呢？當你疲累了，失意了，傷心了，它們就在你的身旁，給你一個很可靠的依靠。」

油漆匠最希望跟他搭訕的人，問他一個問題，你跟長板凳的感情極好嗎？那麼，他就會有個極好的機會急切地回答，是的。

他也極希望對方追問：「為甚麼這樣說？」

油漆匠會回答：「對於一張新的長板凳來說，我已宛如它們的接生婦了，為它們髹上一層新的油漆，就像為它們穿上一件具有保護性的新衣，開始它們的一生。」

4、

油漆匠的工作注定是孤寂的。這跟長板凳很相似。

給長板凳上油漆這類工作，一般來說，一個人做，就足夠了。

油漆匠到設有長板凳的公眾地方，例如公園，為新生的長板凳油漆，或為破舊的長板凳補漆療傷。工作一做完，又會轉移到另一個公眾地方。

在一個公眾地方工作的時間，有時一天就夠了，要是同時有幾張長板凳要維修，最長的也不過幾天。他每隔一天或是數天時間，就去一個新的工作地方。

而待他舊地重臨，為曾上過新油漆的長板凳翻新，已不記得上一次來，是哪年哪月哪日了。

要是舊地重臨，舊的記憶逐一浮現，就會有另一番濃烈的感懷。細看周圍，當年新植的樹木幼苗，已長大，投下大片樹蔭，而他曾油漆一新的長凳，呈現的破舊面目，有說不盡的滄桑。

情況更加不堪的也有。油漆匠原以為很熟悉的那個迷你休憩公園，已跟幾座拆卸的舊樓連在一起，變成了一塊大空地，被鐵絲網圍繞了起來，看來很快會發展成高樓大廈了。地盤已雜草叢生。他再仔細一看，他曾油漆一新的長板凳，已被連根拔起，廢棄在草叢裏。

這種滄海桑田的感覺，正是他情感裏，最強烈，也是最傷感的。

試想一想，有緣再遇上曾為它們上過新漆的長板凳，往往是過了一大段日子，它們多半已經是病重，甚至瀕臨死亡的邊緣了。

油漆匠唯一感到些微快樂的，是雪中送炭的感覺。為破舊的長板凳上了一層新的油漆，確實有雪中送炭的意味。

油漆匠安慰自己，為長板凳上了一層新的油漆，就像在炎夏的日子為它們上了一層防曬膜。或在天寒地凍的日子為它們加添一層厚衣。

正如長板凳本身，做的也都是雪中送炭的工作，服務的對象，主要的斷不會是富貴者，而是疲累者、傷心失意者，無路可逃者。

5、

油漆工，是粗活，但同時要講究精細，就是細活了。

長年積累下來的工作經驗，油漆匠已為自己備妥了一套完美的開工工具。

他總是在長板凳的周圍鋪上塑膠布，剪裁得很合分寸，完全不讓油漆滴在地面。

由於需要長時間工作，他學懂了轉換各種姿勢，半跪着，蹲着，半彎腰，坐着，每個動作，都有講究。他為長板凳療傷，自己卻要避免勞損。

塑膠布上積了厚厚的油漆，捲了起來重甸甸的，然而他不會更換的，既是喜歡那份重量，也是喜歡那份氣味。

要是說，他感到他的塑膠布，散發出嬰兒身上奶粉般的味道，你會說他是神經病嗎？一個醉心於他的工作的人，他的味覺似乎也變了。

沒有人能真正理解油漆匠對長板凳的深愛。但可以看出，他的深愛，在他的工作上表現了出來。

為甚麼要深愛呢？

在他看來，笨拙的長板凳是世間最美麗的東西之一，要說跟鮮花一般美麗，絕不誇張。長板凳已成了大自然的一部分，這樣的說法也不誇張。長板凳很多都是木造的，它們是樹木的變身。只不過它們這一化身，更具人間煙火味了。不論是設計樸拙的也好，設計精巧的也好，對於外來者來說，它們都是最美麗使者，代表一座都市送上濃情厚意、溫暖和美感。

它們跟鮮花一樣嗎？也有一點是很不同的：鮮花受盡人的欣賞，捧在手裏，出現在各個最繁華、最隆重、最顯貴場合，捧花者有一份特別的榮耀，是勝利者，得意者的裝飾。而長板凳，當你的屁股朝着它們坐下去，而且愜意地放了個臭屁後，你還會說聲多謝嗎？你會欣賞它們的好客嗎？都不會，而且長板凳所提供的一切舒適，都已被認為是理所應當的事。

這樣一來，長板凳很容易勞損。它們總是素顏見人，但它們最珍貴的是心靈美。油漆匠總彷彿聽到長板凳的潛台詞：要是憑誰得到了對方的好處，都要向對方說句謝謝，不是太疲累了嗎？他們坐到我身上來，原本就是要得到一點休息的呀！要是他們坐着，覺得舒服就足夠了，說句多謝，就免了。

油漆匠印象最深刻的是長板凳的堅忍，無論是日頭暴曬，抑或雷暴轟頂，它都堅守在自己的崗位上。

像長板凳這樣的好事物罕有，能夠跟它們日夕相處，油漆匠已感到很幸福。特別愜意的日子，是在金秋，風和日麗的清爽日子。油漆匠做得累了，會趁着工作上的方便，靠在長板凳邊，昂起頭來，欣賞清澈如洗的藍天上飄浮的白雲。油漆匠慢慢觀察到四腳朝天的長板凳，也是喜歡昂頭看天的。長板凳的樂天性格，就是由此培養而成？

6、

原來，長板凳也有自己的個性、性格、脾氣的。這是油漆匠在經歷那個晚上後，才明白的。雖然他已十分明白長板凳的種種苦處，親耳聽到了長板凳的訴苦，仍感到震驚。

原來，任何事物，都有脆弱的時候。

好的人好的事物，他們鞠躬盡瘁，就應該給他們好的回報。油漆匠在他的人生，明白了這個道理，算是上了寶貴一課。可惜人間的情況往往不是這樣。好人不得好報。

那天晚上，夜已很深了。油漆匠在半醒半睡間，聽到了說話聲，原來，他躺着的長板凳，正跟身邊的大樹對話。

最初，在矇矇矓矓之中，油漆匠以為他是平日時常也把長板凳當是活物所產生的效應，細聽之下卻發現，這是非同一般的對話。油漆匠像給嚇獃了，躺着，一動也不敢動。

「大樹老哥，為甚麼我的命運這樣不同呢？」

聽長板凳的語氣，已不是第一次跟大樹交談了。

「有甚麼不同？」

「最根本的一點，你尊貴，而我低賤。」

「想來這是你跟人打交道後，得到的感慨。我跟你日夕相處，有甚麼我看不到的？我也是通情達理的，你的感受，委屈，我會不清楚嗎？我也想不出甚麼安慰你的話，只能說，這是人的無知，你不要這麼介懷。」大樹說。

「人類是萬物之靈，尚且如此，怎能不感慨！」

「要是人類對真正的價值，日漸失去了認知，那麼人類是在退化，甚至可以說是在淪落。」

「你一生風風光光，受盡讚美，話才能說得這麼漂亮。」

「我這是說真心話，我不是說過，我就在你身邊，日日看着你，對於你的際遇，我看得十分清楚。你原本也是大樹，然後被砍掉了，然後被鋸成了一條條木板，在這過程中你受盡傷害。但你的厄運才剛開始，你所做的，是最低微的，最受辱的工作。特別是，跟我比較的時候，差別就更加明顯了，大樹總是受人敬仰，大樹可以在炎夏時提供樹蔭，因而永遠受人歡迎。你的感覺是不是這樣？」

「都給你說中了。」

「但你做的是最實實在在的工作，其實我不說，你也知道了，沒有長板凳的地方，是一個無法想像的地方。」

油漆匠聽了，不禁心裏一動。這棵大樹有這般見識，確實有大樹之風，怪不得坐在它底下，特別舒適。

「只是，一切都太不公平，不公義了。」長板凳說。

「所以世間萬物，都在不斷努力，讓大家明白，每一件事物，都有自己很重要的用處、價值，都是應該受到尊重的。其實人類也有太多的不公義。要是你不信就問問躺在你身上的這位油漆匠大哥。他也是個明白事理的大好人。」

油漆匠聽了，不禁想大叫一聲：「就是這樣。」

「還有哪種工作，是比我更難堪的呢？總是在人家的屁股之下。就算人家放了個臭屁，我所能做的，也不過是默默忍受。不顧公德的人，隨便把甚麼都放在我的身上。結果是把我搞得渾身惡臭。要不是時不時有陣雨，把我沐浴，我也不知道會變成怎樣。與我最經常打交道的是人，人是怎樣的一種東西，我領教夠了。」長板凳又說。

對，就是這樣。油漆匠聽了，心有戚戚焉。我平日自言自語，就是這樣說的。但是我從來都沒有勇氣向人說出你的委屈。

我應該對人說，你們不應該這樣對待善良的長板凳。油漆匠感到對長板凳有所虧欠。

這時只聽到大樹說：「你受盡了委屈，我都明白，不過我也確確實實聽到，真正疲憊不堪的人往你的座位上一靠，會發出一聲長長的歎息聲。這樣的歎息聲不比其他聲音，是經過了極大的痛苦後，發出的舒服的聲音。」

「其實，我也聽到了。」

「那是最真摯的感激之聲呀！」

「對，我有時也會這樣想。」

油漆匠真想加入它們的對話，但最後他還是忍住了。他想說的是：「每張長板凳，一定都曾服侍過哀傷的、不如意的人。」

7、

有些長板凳的性情卻完全相反，異常不堪的惡劣處境，正好把它們的意志磨練得很堅強。只有懷着信念，才有這樣的支撐力量。而信念，往往催生了使命感：它們所處的位置，正是不但要自身堅強，也要鼓勵那些失意者、哀傷者堅強起來。

長板凳雖然一生注定要呆在同一個位置，閱世卻是最深的，因為它們有一份慈悲之心。

還有甚麼可以比長板凳聽到更多最私秘的話。

長板凳最有可能見識到各式人等，並且最可能深入到他們的內心。

任何事物，只要能夠提供溫馨的慰藉，都有最大機會聽到知心話。還有甚麼比長板凳能提供更多的溫馨！

當然，要是偷聽，就使不得。長板凳是不得不聽的。說知心話的人，可能是兩個在困境中親如手足的好友；一對憂患中的夫婦；一對熱戀中的情侶；一個喃喃自語的孤獨無助的老人。

當然也有可能遇上邪惡的人，在商議着邪惡的勾當。長板凳明白，邪惡的勾當是現實人生不可分割開來的一部分，長板凳有時恨不得自己變成一個人，走去告發。

正因為遇上了各種懷着壞心腸的敗類，強烈的對比之下，長板凳才對善良而無助的人，有一份特別濃烈的同情之心。

油漆匠最難忘的，是有個晚上，遇上了鬧市街心迷你公園那張長板凳。

入夜了，昏黃燈光映照着行色匆匆的歸人。這樣的時分還會有人到小公園來坐坐？

不料這張長板凳突然感到自己身上多了一份沉重的負荷，看了一下坐着的人，卻不過是個瘦骨嶙峋的中年漢，長板凳立即明白，這個男子心情極其沉重。他的沉重，主要是他的心情。

沒有誰比長板凳更清楚知道，人的情緒的重量，比起人的體重更加重。

一個人生活得較為稱心，應該不會來到這種因為處於鬧市，而必然很侷促的蚊型公園。近在咫尺有太多的茶餐廳或是食肆，讓人去坐坐，輕鬆嘆杯茶。

說是街心公園，因空氣相當污濁，實在不是甚麼理想的休憩地方，一般人都不願意去坐坐。再不濟也犯不着坐到這樣的地方來，更何況是在天時暑熱的時候。

生活上幾近走到絕路的人，才會來。

長板凳最清楚，來得最多是上了年紀而無依無靠的退休長者，大多患上了某種或多種慢性病，被眼疾或是牙齒日漸剝蝕而痛苦不已。更常見的情況是，年老體弱，骨質疏鬆，走路不方便，連去海旁公園都不願再多走一步。沒有地方好去，只好到街心公園來了。

長板凳留意這位中年漢，潦倒的所有特徵他都有了，看來他比老人家更加慘情，要捱的路仍然漫漫。

長板凳不禁衷心地向他說了一番話：「你很傷心、煩惱是嗎？然而世間萬物，都有不順心的時候。你看我這張長板凳，僅看我的外貌，你就知道我的日子會遇上種種不堪。一張長板凳到了最不堪的時候，給再上一層油漆，都會煥然一新。你看我身邊這位好心的油漆匠，不就是專門為我們療傷的？世界上好人好事還是很多的。人也一樣，振作起來，又有一番景象了。」

昏黑裏的街心公園，除了這位中年人，只有油漆匠坐在隔鄰的一張長板凳上。中年漢驚訝極了，望着油漆匠，神情明顯在問，我真的聽到長板凳說話嗎？油漆匠站了起來，走了過來，憐愛地拍了拍長板凳，然後又以一種安慰的神色，輕輕地拍了拍中年漢的肩膀。

「別理誰在說話，只要你覺得有理就行了。」長板凳只管繼續說下去：「每個人都有不幸的時候，你看我這個凹了下去的傷痕，是有一晚，有個酒鬼掄起了喝乾的酒瓶，狠狠地往我身上砸了下去。你說他不清醒嗎？他倒是懂得喝得一乾二淨了才砸。但是，他不也是個不幸的人嗎？他比起你還要不幸，因他酗酒……」

油漆匠忍不住伸出手去，撫摸長板凳凹了下去的傷痕……嘮嘮地說着，就是這樣，你所說的就是這樣。我們生活於人間，就是有種種苦惱。油漆匠的聲調，比起任何時候都帶着更濃郁的憐愛。

那個中年漢，默默地抹着雙眼。縱使是在昏暗裏，仍可感到他是在抹淚。一個心靈已枯死的人，復活過來了。一個人只要有感覺，就有希望了。

油漆匠和長板凳笑了起來，只是笑聲有點淒苦。

攻與守

人生也許總是在攻與守的狀態中，無法迴避。

1、

此時，容納着幾萬個球迷的大球場，鴉雀無聲。

被足球評論員譽為「令後衛聞風喪膽」的中鋒湯寶臣，表情輕鬆地把足球擺放在十二碼罰球點。他剛把足球放下，隨即又俯身雙手拾了起來，把球撫摩了幾下，像是對它說聲「乖乖，聽話」，再放到罰球點，跟着，在罰球點附近跳躍了起來。

比賽已到了尾聲，還需要熱身?湯寶臣只不過是擺擺姿勢而已。

守門員王平凡知道，全場的焦點都放在這位悍將身上。事實上，自開賽以來，他就是全場的焦點了。這位攻擊型中鋒腳法秀麗，在亂軍中盤球，過關斬將，勁射，無一不揮灑自如，如入無人之境，惹得球迷瘋狂吶喊。現在，湯寶臣更是進入化境了，硬是要更上一層樓，玩心理遊戲愈來愈得心應手。

湯寶臣準備踢十二碼罰球，做着種種肢體動作時，也沒有忘記不時用銳利目光，瞟了守門員幾眼。湯寶臣知道在建立自己的心理強勢的同時，也要擊毀對方的心理防線。

王平凡非常相信，湯寶臣這個洋味十足的名字，也是花了十足的心思取的。在足球世界，世界級的表演，都是由慓悍的洋將包辦的。取一個洋味十足的名字，具有威懾力，這也是一種心理戰術。難得他的祖先為他助攻，剛好給了他一個「湯」的姓氏。

守門員王平凡在龍門前，來回走動了幾次，再次檢查草地，慎防有甚麼地方，會把自己滑倒，就誤事了。

昨天，下了一場大雨，有經驗的守門員都知道，陷阱會在這樣的情況下出現。

王平凡做了幾個撲救的動作。他臂長，是他的天賦。但在超級大賽，每個球員不但有天賦，而且都是過人的，何況面對的就是湯寶臣！

做着種種動作，有用嗎？王平凡連自己都覺得，既然對方在整色整水，自己也該做點動作，整色整水一下。

不同的只是，即便湯寶臣是在虛張聲勢吧，也讓人信服。自己呢，愈做些動作，愈讓人覺得很無謂，更似徒勞掙扎。

因為事實勝於雄辯。

王平凡經歷了無數次，已經可以預見到這樣的場面：過不了幾分鐘，大球場就會爆發海嘯般的歡呼聲，球迷席上會玩起海浪。而他作為守門員，極沮喪地看着剛才擺在罰球點上的足球，已在龍門裏滾動。湯寶臣踢完罰球後隨即轉身在球場狂奔起來，讓隊友追逐他，然後一起倒地，狂熱祝捷。

榮辱就是這樣決定的。成王敗寇，這種感覺，再沒有甚麼比起在球迷的狂熱叫喊聲中，感受更加強烈的了。勝者極其興奮，敗者極其落寞。

2、

湯寶臣的榮耀，是值得他擁有的，別說他威震四方的球技了，他的很多球迷耳熟能詳，津津樂道的軼事，都說明他是個不同凡響的人。但有些秘聞，不宜公開，更加精彩。

有一回，球隊奪冠凱旋歸來，真是全城轟動，夾道歡呼。長官在官邸設宴款待全體球職員，幾個聲名顯赫權貴，竟都慕他之大名而出席。

席間，長官和藹可親地不恥下問：「怎麼才算得上是個優秀球員？」

湯寶臣聽了後謙遜表示：「謝謝長官向我提出了這個問題，我一直希望有人向我提出這個問題，但一直沒有這樣的機會。回答這個問題不難，做個優秀球員很簡單，只要時刻記住八個字的要求，就可以了。」

「是哪八個字呢？」

「動如活兔，靜如處子。」

「那麼，最差的球員呢？」

「同樣做到八個字就可以。」

「是哪八個字呢？」

「動如活兔，靜如處子。」

長官眉宇輕微皺了一下，這個粗獷、傲慢的球員是不是在戲弄他？不是同樣這八個字嗎？隨即微露笑容。

「這就有趣了，可否解釋一下？」

「優秀球員勤於訓練，永遠保持良好體能，球技嫻熟，自然可以動如活兔；一名球員，最可貴之處是保持頭腦清醒，在球場才能有全局觀。傳送或是走位，才能到位、靈活，這樣的表現就是靜如處子。足球踢的是整個球隊，要是只靠單天保至尊，要拿到好戰績不容易。長官，要是一個球員的表現剛剛相反，情況會怎樣呢？我需要繼續說明下去嗎？」

長官笑了起來，答道：「果然是名將，把足球藝術解釋得如此通透。動如活兔，靜如處子。一動一靜，剛好處於兩個極端，卻又必須統一才能做到最好，太妙了。妙論，妙論！」

長官意猶未盡，又說：「一個最優秀球員，要真的做到動如活兔，靜如處子，真的很難。一個最差劣球員，要真的做到動如活兔，靜如處子，也太容易了，因為一點甚麼也不必做。我們可以想像最差劣球員在球場上頭腦混亂，卻跑也跑不動的樣子。哈哈哈！」

3、

湯寶臣的傳奇故事，不僅僅是他場內的驍勇善戰，他的某些軼事，其奇異怪誕，其他超級球星都沒有能量做得出來，起碼沒有這麼大的膽色。

有一次，湯寶臣領銜的球隊到某個王國出賽，一項重要盃賽。湯寶臣正處於顛峰狀態，技驚四座，不在話下。

國王對他的球技驚歎之下，特別接見了球隊。

國王有種天生統治者的威儀，開門見山就問：「作為一位頂級名將，自然所向披靡，但總會遇上困難吧！如果把你的天賦都說成是天生的，全部是神賜給你的，未免小看了你。你覺得有甚麼難關要克服？」

國王金口一開，湯寶臣很驚訝。他不依靠翻譯員，操了一口流利的標準的國際通用的語言。國王似乎有意展示一下他的才能。在這樣的場合，最方便直接的，就是展示他的語言天才。這樣做確實立竿見影，這個帝王，靠的也不是天生的，湯寶臣不禁肅然起敬。

湯寶臣淡然一笑，恭敬地回答：「陛下稱我為頂級名將，實在愧不敢當。但是作為一名球員，確實有三大難關，是一定要過的。」

「說來聽聽。」

「第一大難關，即使我不說，陛下也一定會想到了，就是技術關。陛下，確實有足球天才這回事。但天才也不可恃。在頂級球賽，對手個個都是足球天才，憑甚麼你的天分就一定比他們都要高？所以一個好球員一定要忘我地苦練。體力、速度、走位、控球，都要全面發展，這些能力都是環環相扣，前後呼應，要壓倒對方，就得苦練。這樣說吧，要是控球技術不到家，跑得再快也是別跑，球不在你的腳下跑甚麼呢？所以要練好腳法。好了，腳法了得，球已到了龍門的射程之內，然而射術不精，不是越門而過，就是角度不刁鑽，一一被守門員沒收了，不但白花力氣，而且打擊全隊士氣。最難能可貴的應該是，作為靈魂的核心球員，還要具備指揮官能力，往往一個妙傳，就可以一箭定江山。」

國王聽得入神，好像在聽着一個重臣在談論治國之道。

「第一個難關確實不容易。第二個難關呢？」

「陛下一定聽過古老中國一位聖賢說過的一句話：食色性也。色就是我們足球運動員無法迴避的第二個難關。」

國王作出會心的微笑：「美人關？」

國王這一笑，削弱了他的威儀。畢竟是男人，一談起女人，就把持不住了。

湯寶臣不敢稍減恭敬之態。他點了點頭，先說了一句：「就是。」

湯寶臣知道，在君王之前，稍為不慎，而且身在他的國土，甚麼事情都可能發生。

然後，湯寶臣繼續解釋。

「足球明星容易被視為英雄，英雄人物容易引起崇拜，特別是女性崇拜者。陛下，運動員追求更強、更高、更快。其實，這些追求，本身就是一種美。追求美總要充滿激情，沒有激情就難以成為出色運動員。而美人，當然就是一種美。運動員能輕易躲過嗎？當然也不缺大美人出於對英雄的崇拜，而主動投懷送抱。足球明星很容易在這方面表現激情。」

「所以，英雄難過美人關。」國王說。

「陛下，多少球員沉迷酒色，大大影響了比賽狀態，其實也就是難過美人關。這是運動員絕對要引以為戒的。」

「你說的兩大難關，確實都是大難關。第三個難關又如何？」

「陛下，第三個難關才是最難過的難關。」

「這樣一個最難過的難關，倒是我想像不到的，是甚麼難關呢？」

此時，湯寶臣已進入了亢奮的狀態。這是一個出色運動員的特點，一個很大優點。不能很快進入狀態的球員，難以成為好球員。

但這個特點，也是個致命弱點。因為一個人要是不分場合，都容易進入亢奮狀態，容易惹來麻煩。有些場合，是需要慎言的，譬如謁見國王的時刻。

這得先說回這次全球矚目的足球盃賽，湯寶臣領軍的勁旅，於八強就與主辦國的球隊碰上。雙方實力雄厚，名副其實是一場龍爭虎鬥，因為是淘汰賽，因而是一場生死戰，被認為是一場提前來到的決賽。熱愛足球的主辦國國王，也是座上客。

國王親眼看到湯寶臣以他的一記生招牌「倒掛金鈎」，活生生把球踢進左上角掛網，就像用手把足球擺進去的。這個技驚四座的超級世界波，後來成了球壇佳話，這是一個標誌性入球，是教科書式的。

取得了這個入球後，湯寶臣遇上了怪事。不論他身在球場的哪個角落，只要他遇上對方，無論是前鋒、中場或後衛，對方都會以一致的腔調，近身對他吼了一句話。最初湯寶臣不以為意，但後來他發現對方每個球員對他吼叫時，都是同一句話，聽得多了，聽得出發音是相同的。而且，他們都是趁着球證不留意，或不在附近時，吼叫的。要是環境許可，還會不失時機，向他豎起中指。

從球員的神色，也可以看出不懷好意。

為甚麼他們不用國際上最通用的語言，對他吼叫呢？要是侮辱他的話，對他不是造成了更大的心理上的殺傷力嗎？最大可能是他們不懂得國際語言。更可能是，他們事前完全沒有想到湯寶臣的球技，會如此完美地把他們的防線擊潰，形同虛設，在國王面前，也算是國際雄師的主辦國球隊，把臉都丟盡了，這不是大大地獻了一次醜！

作為客隊，也該對主隊留點情面吧。

湯寶臣早已看得出來，語言暴力，是殘酷的心理戰，這是球場爭霸的一個不可缺少的策略，每一位落場的運動員都必須面對這種挑戰，必須接受訓練，具有足夠的心理質素，抵受得往這樣的侮辱衝擊。當然也像球技一樣，球員都需要具有這種向對方球員挑釁的能力，隨時作出有力反擊，令其失去心理平衡。這是另一種競技，球證幫不上你，教練也幫不上你，甚至隊友也幫不上你，這是在心理上的孤軍作戰，因為這不是可明顯看得到的肢體犯規動作。

遇上肢體犯規行為以及語言上的冒犯行為，就算是最出色的球員，競技狀態都會受到影響。

一般球員如果聽到了一句他聽得懂的侮辱話，都會像看到一把飛刀向他飛來，出於本能地閃避，這一閃避，球技就出現了扭曲，必入球都可能擦門而過。

在這一方面，主辦國球員似乎訓練有素，即使在激烈對抗中，竟還能不慌不忙地冒出一句話來，看來已很順口。

湯寶臣聽不懂主辦國球員頻頻向他轟炸的話，幸好也是聽不懂，大大減少了對他的干擾性，專心投入比賽當中。不過聽得多了，他的機心就來了，死死牢記這句話，以後有機會，一定要弄明白到底這句話是甚麼意思。

其實，比賽中，湯寶臣明知對方以語言冒犯他，他並沒有在語言上作出任何有力反擊。他深知另一種更有效的反擊方法。如果在心理質素上足夠堅強，不落入對方陷阱，反而可以憑着精湛球技，更有效把對方羞辱一番，因為對方不就是衝着他的球技而來嗎？湯寶臣剛好也處於顛峰狀態，不論盤球過人，還是精準傳球，都得心應手，令對方龍門前風聲鶴唳。不必真的把球攻入龍門，只看對方的狼狽，亂作一團，已可以顯示己隊完全壓倒對方來打的氣勢。

所以，湯寶臣從始至終，都沒有以粗言穢語或粗鄙的侮辱來回敬，倒是經常可以看到對方的氣急敗壞。

當時，湯寶臣感到太痛快了，球技也發揮得更加淋漓盡致。

4、

這時，在國王跟前，湯寶臣想起了該國球員很強調的這句話。湯寶臣想，這是尋求這句話意思的最好機會。就像一個前鋒，遇上了一個黃金機會，不會考慮甚麼，只想把足球踢進龍門。湯寶臣再沒有作更周詳的考慮。

最初，在國王面前，湯寶臣一直謹記，一切都要謹言慎行，只說些該說的話。但此時，他真的有點忘形了。

湯寶臣以開朗的聲調，露着微笑對國王說：「球員總難免遇上品德不那麼好的球員，於是除了會遇上非常粗野的、刻意的犯規動作，也會聽到非常粗野的粗言穢語。陛下，你一定明白，當一位球員聽到他聽得懂的非常粗野的粗言穢語，正常反應是怎樣？即使受到嚴格心理培訓，出於本能，心理受到衝擊而失去了平衡，就會產生極大的受侮辱的感覺，然後，極之憤怒。一跌落這樣的陷阱，再好的球技都枉然。陛下，這就是一個球員遇上的最大的難關，很多極出色的球員，因過不了這一關，足球員生涯就完蛋了，你說可惜不可惜？」

國王笑道：「這確實是很大的難關。」然後以同情的口吻問：「你可有這樣不幸的遭遇？」

「這是不可避免的。」

「有沒有哪一句，是你認為最具侮辱性的？」

「絕對有。但我不想在陛下前，說出這樣沒有品德的粗野的話。不過，陛下，我也遇過很有體育精神的球員，在比賽的時候，不斷向我說鼓勵的話。」

「真的有這樣的很有體育精神的球員嗎？」國王這下子來了興趣了。

「有的，貴國是禮儀之邦，球員談吐文雅。他們不斷熱情地向我說句鼓勵的話。」

「是怎樣鼓勵你呢？」

「我不知道這句話的意思，但我知道一定是句鼓勵的話。這句話我記住了，我就以貴國的語言說出來吧，好嗎？」

「太好了，你說，你說。」

「不過我的發音可能不準，請陛下多多包涵。」

「但說無妨。」

湯寶臣想不到他可以這麼嘹亮，這麼急切，這樣順暢，把這句話完完整整喊出口來。

只見國王臉色勃然大變。國王身邊衛士怒目圓睜，拔刀向湯寶臣奔來，像是遇上刺客。負責公關的隨員冒死擋在湯寶臣前面，很急切地喊了一句甚麼。

國王把手一揮，也喊了一句甚麼，衛士停止奔前，刀仍緊握在手上。

公關隨員氣急敗壞衝着湯寶臣嚷道：「你瘋了嗎？想死嗎？你怎麼說出這種極無禮的侮辱性的粗言穢語？」

湯寶臣倒是氣定神閒，把這句話的來龍去脈說了出來，公關不敢怠慢，湯寶臣說一句，公關就翻譯一句，公關隨員的用意是，在這樣重要關頭，必須慎重，因而把湯寶臣的每句話，都翻譯成這個王國的語言，以便國王聽得準確，明白。其實，湯寶臣在整個過程中說的國際通用語言，國王都聽得懂。

還不懂得這句話真實意思的湯寶臣，繼續裝傻扮懵，說：「自從我攻進了那一個世界波後，貴國每個球員都對我說這句話。多謝貴國球員難得的體育精神，老實說，我必須承認，我難以做到這樣的體育精神。反而，在這樣重要的賽事，如果我輸不起，急起來，不排除說些極難聽的話。恭喜陛下擁有這樣訓練有素，又有體育精神球隊。憑良心說，要不是貴國球員過於分心說這句話，鼓勵別人，取勝的一定是他們。」

國王保持威儀，揮了揮手，表示謁見完畢。

出了皇宮後，尾隨的公關想對湯寶臣說些甚麼，湯寶臣擺了擺手，阻止公關說話。他不想知道那句話的意思，至少暫時不想。他只想至少在此刻，繼續好好地享受報了大仇的那種從未有過的快感。

不過，湯寶臣內心佩服，這位操生死大權的國王，在這樣的時刻還保持克制，顯示他是很有內涵的。

這樣一位國君，對他的球隊會採取甚麼懲罰措施嗎？想到這裏，湯寶臣對自己逞一時之快，又有點後悔了。

5、

王平凡想，他面對的，就是這麼一個霸氣十足的天之驕子，不論場內還是場外，都是屬於人生勝利組。要風得風，要雨得雨。所以即使湯寶臣面對着操生死大權的國王，依然保得住很有底氣的氣度。即使御前衛士揮刀怒氣沖沖，衝他而來，他仍能鎮定自若，毫無懼色。那麼，在湯寶臣前面，他王平凡就是屬於人生失敗組了嗎？

現在，整個球場鴉雀無聲，正是「屏息靜氣」這四個字的最佳寫照，全都等着這一刻：裁判哨子一響，湯寶臣踢出罰球，勝負也就分曉了。

守門員和射手永遠都是對立的，這個說法沒有錯。他們永遠在彼此算計着，你計算着我會撲向哪一邊，我計算着你會射向哪一邊。守門員都會從射手的每個微細動作，包括眼神，計算射手的企圖。

話是這樣說，其實，面對湯寶臣，陷入掙扎，總是徒勞無功的，只會是他王平凡一個人。

球迷都知道，湯寶臣必定射入。他就是人生勝利組的化身。

在球場上，難道沒有絲毫光輝的時刻，留給守門員去閃耀一下？

這樣的機會不但存在，而且是太多太多了。試着想想這些充滿刺激的鏡頭：足球直飛過來，但守門員的視線被其他球員阻擋了；足球在飛行過程中，撞到球員身上，突然改變了方向；足球突然在龍門前彈地，眼看着就要竄入網內；身手了得的名將在混戰中突然神奇地來一記「倒掛金鈎」，快如閃電，勢必掛網；足球被對方頭椎頂中，直飛死角；攻擊球員把守門員撞了一下，讓守門員倒地，裁判卻沒有察覺；攻擊球員突圍，得到一個單刀的黃金機會，直撲龍門……

以上種種都在電光石火間發生，一個身手不凡的守門員，要是竟然能夠灑脫地把這些必入球，一一化解，必然獲得雷動掌聲。

所有這些，不是守門員的黃金機會是甚麼？！守門員不應該抱怨他沒有黃金機會。

特別是，想一想這樣的鏡頭：雙方攻擊和防守球員在龍門前，野獸般互相拉扯推撞，亂作一團，混亂中，守門員奮不顧身飛撲，救球的身姿美得不可言喻，就像空中有張床，讓守門員輕鬆躺在上面，從容伸出手去，撲救必入球不費吹灰之力，這樣灑脫的救球身姿，還不讓球迷為之瘋狂？

只可惜，所有這些機會，不是凡人可以捕捉到的，簡直只有神才撲救得出。

球場瞬間的千變萬化，就是守門員的無常人生。每個人的人生困境說起來都是荒謬怪誕，而守門員遇上的荒謬，比誰遇上的都要不可思議。守門員在球場上遇上的困境，都是注定無法解決，都是要失敗的。這樣說來，守門員的人生，才是最困難的真實人生。

6、

這時，湯寶臣把腳踏在十二碼罰球點上的足球。然後，退後一步，望向龍門。

裁判的哨聲響了。

王平凡只看到湯寶臣右腳向足球踢去的腳影，在瞬間，王平凡感到，他這次捉到路了，他五隻手指觸到了球，手指的力度足以把足球推出龍門外嗎？只聽到球場上隨即爆發海嘯般的聲音，把一切都淹沒了，包括人的思維，僅留下亢奮。王平凡也很亢奮，因為他很肯定，他飛身死角救球姿勢很美。從未有過的美。

不懈的努力，就能做到。

至少這就是球場的人生了。

先與後

一件事情發生的先後次序，會帶來的不同後果。

場景：公園遊樂場

商場遊樂場

人物：兩對父子

1、

8月20日，星期日
早上9：00
天晴

賈國明牽着健仔的手，往公園遊樂場方向走去。突然，他感到健仔緊緊地拉住他，要往另一個方向走去。

賈國明一下子明白了，連忙低着頭柔聲對健仔說：「現在還早，天氣清爽，不一會兒太陽就會出來了。先到公園遊樂場玩一陣，累了，我就帶你去商場玩遊戲，吃雪糕，吃你喜歡的東西，好不好。你不是很喜歡到公園盪鞦韆，玩滑梯嗎？」

健仔倒很聽話，興高采烈，連蹦帶跳，朝公園遊樂場奔去。

很久沒有做運動，肥了不少的賈國明，跟着急跑了幾十步，早已氣喘如牛。

距離遊樂場還有一段路，已聽到了童稚的歡聲笑語。這是尋常卻又久違的生活場景，賈國明內心一陣內疚。有好長一段日子，為了謀生，他沒有帶健仔出來遊玩了。向前再走一段路，已可以看到年輕父母緊張地照顧着幼兒從滑梯上滑了下來，接住了，抱在懷裏，開懷地笑了起來。坐在鞦韆架上的孩子，在父母的推動下，盪上盪落，又驚又喜的叫着。不過幾年前，賈國明一家也度過這麼一種享盡天倫之樂的時光。

健仔敏捷地爬上滑梯，滑了下來。然後又坐上鞦韆架，把自己盪得很高。在遊樂場，最能看到孩子的成長。這是訓練孩子成長的最初場地。

賈國明全神貫注看着健仔，想着應該為他抹抹汗了。

突然，有一把熱切的聲音在他耳邊響起。

「你不就是阿明？」

賈國明不以為意。他背後有甚麼人在互相打招呼。

不料，很快就有一隻手搭在他的肩膀上。

賈國明轉過頭去，早已有一張熱情洋溢的面孔，滿是驚喜，對着他。對方這種突如其來的久別重逢的驚喜神情，給了他一種迷惘的感覺。一個陌生人對自己這樣熱情，是未曾有過的經驗。

賈國明剛想向對方解釋他認錯人了，不料對方已朗聲笑了起來，緊接着已握緊他的手。

「我係阿賢呀！都記不起來了嗎？中學同學呀！江啟賢！連老同學都忘記了？貴人善忘！」

江啟賢的朗笑聲，喚醒了他的記憶力，輪廓就在賈國明的腦海裏逐漸形成，然後，終於辨認了出來了。賈國明激動地拉住對方的手臂，說：「怎會認得出來呢？以前你是出名的又黑又瘦，哪裏是現在這個樣子，又白皙又強健，你叫我怎麼認得出來！」

「你說得真是誇張。不過，也有十六、七年不見了，要是不變點樣子，說起來都不會有人相信。」

快樂地敘舊，是人生的一大快事。兩個重逢老同學聊着他們人生最關鍵的日子是怎樣度過去的，求職呀，求婚呀；生活裏有多少的快樂和希望，旅行呀，搬新居呀；最不可避免的話題是家庭近況：有多少個孩子了？都讀到哪個級別了？

要表達的都是最溫馨的關心話。他們為對方獻出了最美好的笑容和最溫馨的問候語。

他們都覺得，不僅僅是寒暄話。

8月20日，星期日
早上10：30
天晴

現代大型商場，隨着都市的發展，愈發富麗堂皇，光潔明亮。裏面的商店貨品琳瑯滿目。雖然沒有公園裏的鞦韆架、滑梯，更加吸引孩子眼球的新奇玩意卻是層出不窮。這是做生意的動力。

進入商場，首先映入眼簾的是那個佔地不少的室內遊樂場，場內已專闢了一個規模頗大的碰碰車場。

碰碰車確實先聲奪人，除了不斷閃動的五光十色的燈光效果，還有節奏強勁的音樂，現場氣氛熾熱得不得了。

碰碰車的碰撞聲刺激孩子發出興奮的尖叫聲，場外充當啦啦隊的父母不停地拍掌、揮手、吶喊助威。

要是帶着孩子來逛商場的父母不被喧嘩聲吸引，孩子也絕對不會放過。都市孩子一出世，很多時間就坐在嬰兒車裏，讓父母或女傭推着走。孩子長到四、五歲大，要是可以自己操控車子，還允許互相碰撞，強烈的刺激感和新鮮感，真可說是無與倫比了。

賈國明感覺到健仔緊緊地拉着自己的手，雙眼閃閃發光。他知道，健仔也想入場玩玩。從孩子的目光看來，健仔入場玩碰碰車的慾望很強烈，但他內心的忐忑不安，卻也同樣明顯。

果然，不出賈國明所料，健仔落場與其他孩子玩樂時，拘謹、笨拙、甚至驚慌的神色，頓時表露無遺，特別是在其他孩子的碰碰車碰撞到他的車子，而他不懂得如何迴避時，更是束手無策，動彈不得。

健仔無助地望着父親，是在求救。

賈國明只得仿效一些父母，走進場內。

他跟在健仔坐着的碰碰車後頭，俯下身來，教他如何操作。健仔緊繃的臉孔，稍為鬆弛了，開始露出笑容。在略為懂得操縱碰碰車後，樂趣來了。

突然間，賈國明的腳後跟，被重重地撞了一下。一陣劇痛，直達心間，不禁彎身去摸摸痛處。

賈國明還來不及回頭看看，早已有一把熟悉的嚴厲的聲音響了起來：「強仔，你要看看前面，你看，撞到人了，快對叔叔說聲 sorry。」

賈國明回望時，只見江啟賢早已露着抱歉的笑容，對他點了點頭。

賈國明向他擺了擺手，說：「這樣的場合，這樣的事難免發生。孩子玩得忘形，就會這樣。」

賈國明又笑着對江啟賢說：「你的孩子乖巧精靈得多。讀書一定很叻。」

江啟賢說：「哪裏，很頑皮，真拿他沒有辦法，你的孩子斯文得多了。」

2、

8月20日，星期日
早上9：00
天晴

賈國明拉着健仔的手，往公園遊樂場的方向走去。健仔卻拉着他，要往另一個方向走。

「健仔，不是要去公園遊樂場玩嗎？」

「媽媽總是先帶我到商場走走。」

「還是先到公園遊樂場玩玩吧！趁着太陽還不太曬！」

健仔不答理，只拖着他的手，往商場方向急急走去。

金碧輝煌的多層現代商場，不論去到任何一個地區，都可以至少找到一幢，複制出來一般，早已成了現代都市人不得不過的生活方式。

健仔拉着他進入商場，就直奔聲色俱全的碰碰車場。規模相當大的碰碰車場內，很多像健仔這麼大的四、五歲孩子，駕着碰碰車，碰來碰去，玩得不樂也乎，滿臉通紅，笑得合不攏口。場外的父母向孩子揮手打氣。

健仔呆站在場邊，露着羨慕的目光。賈國明低頭問健仔：「玩過未？」

健仔搖了搖頭。

賈國明立即明白，縱使妻子帶孩子來過，也不會允許他入場玩的。

「想不想玩？」

健仔點了點頭。只是，健仔玩碰碰車的慾望很強烈，內心的忐忑不安，卻也明顯。

果然，不出賈國明所料，健仔落場與其他孩子玩樂時，拘謹、笨拙、甚至驚慌的神色，頓時表露無遺，特別是在其他孩子的碰碰車碰撞到他的車子，而他不懂得如何迴避時，更是束手無策，動彈不得。

健仔無助地望着父親，是在求救。

賈國明只得仿效一些父母，走進場內。

他跟在健仔坐着的碰碰車後頭，俯下身來，教他如何操作。健仔緊繃的臉孔，稍為鬆弛了，開始露出笑容。在略為懂得操縱碰碰車後，樂趣來了。

突然間，賈國明的腳後跟，被重重地撞了一下。一陣疼痛，直達心間，不禁彎身去摸摸痛處。

走不了幾步，隨即又被重重地撞了一下。賈國明痛得皺起了眉頭，挺不起腰來。側過頭去，只見一個小孩子駕着碰碰車，興致勃勃地又要撞上來。這個胖乎乎的很可愛的孩子，看來撞上其他碰碰車，已經不能讓他滿足。撞人能夠為他帶來更大樂趣。孩子很聰明，他看得出，碰碰車撞上了人，對方會有很強烈而有趣的反應，起碼身體會顫抖一下。撞到碰碰車可不有趣。

這位活力十足，笑逐顏開的孩子，追逐着他，作為攻擊目標。一再被撞擊，看來腳後跟已有了傷口，只要再被即便是輕輕一碰，也會痛得入心入肺。賈國明想迴避，只是太遲了，想不到緊接而來的這一次衝擊，力度更大，看來孩子已掌握到撞人技巧，而且已懂得總結經驗。賈國明痛得不僅挺不起腰來，簡直出於本能，彎下腰去，手往後伸，要去觸摸傷處，但身手敏捷的孩子又要撞上來了，一副很趣致的模樣，發出天真的哈哈大笑。

賈國明這一次哪裏還敢再怠慢，狼狽地跳開。

在別人聽來很可愛的童真笑聲，這時在賈國明耳裏，極度可惡。他想，孩子的父母就不會來管束一下孩子嗎？就不會教導他不能這樣胡亂撞人嗎？

這樣想着，賈國明不禁再回首仔細望了望小孩。真是一個趣緻的孩子。看來是一個在很好的環境下成長的孩子，你看他因玩得興高采烈而紅撲撲的臉頰，恐怕已得到很多人的讚美：多乖巧的孩子！

但賈國明也知道，他望向孩子時，毫無掩飾流露的，一定是極度厭惡的神色。這是一種出於本能的情緒反應，想壓制都壓制不了。

賈國明把眼神收回來的剎那，瞥到場外，就在距離自己身邊不足一米遠的地方，一個男子的眼神，非常凶狠的，也在緊盯着他。

兩個男人，也就是兩個身為父親眼神的接觸，只是一瞬間的事。也許不到一秒。但眼神撞擊併發出的威力，像地震，可以撞擊出烈焰一般的火花。

這種眼神的碰撞，賈國明感到一股肅殺的寒意，自背脊升了上來。這不就是不寒而慄的感覺嗎？

時節正是盛夏，陽光燦爛，孩子多的地方，總是很溫和的。很多家長都是笑意盈盈的。縱使是在室內，都有這樣的溫暖感覺，怎麼會有不寒而慄的感覺？

只因為兩個陌生男人目光相遇，非常凶狠，眼神裏都充滿極度厭惡。剎那間，賈國明完全明白了。他剛才側過頭去望那孩子時，他忍不住露出的厭惡神色，被這個男人看到了。

這還了得？這樣厭惡自己的孩子！

如果這個男人不是作為父親的身分，就不會出現這樣的情緒極度強烈的眼神吧！

不會那麼凶狠。

因為這位男人是父親的身分，出於維護自己孩子的本能，眼神就特別銳利，甚至就像一把隨時準備向對方狠狠刺去的尖刀。

父愛愈強烈，這把尖刀就愈銳利。父愛，會把是非判斷的能力，毫不猶豫拋緒腦後，一個原本明理的人，暫時變成了另一個人。

賈國明的腳後跟被連環撞擊，很痛，所以他露出了厭惡神色，是剎那間的本能反應。但賈國明也明白，這位男人露出的凶狠目光，也是本能反應。

這位父親的眼神裏除了有堅定的凶狠外，恐怕還有鄙視。這位男人大概會想，你的孩子這樣無用，也顯得出你本身很無用。

賈國明很鬱悶地在腦海裏閃電般流過這些思維時，稍為有血性的人，憤怒都會開始滲入情緒裏。不料，就在此時，不遠處傳來極之激烈的吵架聲，賈國明的思維被打斷了。

……

「你點解推我個仔架車？」一個男子近乎歇斯底里的叫喊聲。

「你個仔撞到我。」

「你點解走入場內畀人撞？你自己搵來衰！」

「你點解唔睇住你個仔？」

「碰碰車就是要撞才好玩。」

「但碰碰車不是要撞人，你咁樣教仔，你知唔知羞恥？」

「你推細路仔架車，一個大人知唔知羞恥……」

……

先是口角，繼而動武。商場裏的人正多，激烈的打架聲吸引很多人一下子停下了腳步看熱鬧。距離遠一點的，都加快腳步趕過來。

一片混亂。

剛才孩子的歡笑聲，頓時變成了哭啼聲，驚叫聲。

商場保安人員和遊樂場職員已很快趕了過來。

被拉住了的打架的兩個男人，對罵聲依然很驚人，刺耳。污言穢語滿天飛，看來兩個男人顧不上那麼多了。

……

賈國明突然整個人呆住了。

這個對他目露凶光的男人，另一個形象，突然浮現在賈國明的腦海裏。

真的是電光石火般，在他的腦海裏浮現。

剛才一定是火遮了眼，所以才沒有把他認了出來。

很多年前，應該也有十五、六年了。時間真的可以把一個人變得面目全非，讓人認不出來了嗎？

很多年前他們做同學時，這個男人當然很年輕，也很純真友善，對人總是露着近乎天真的笑容。而現在，他輕易就目露凶光，而且準備大打出手。

原來把一個久別重逢的熟人認了出來，會是這般難堪，完全不知該作出怎樣的反應。完全沒有愉快的感覺。

賈國明甚至連他的名字都記起來了，不是叫做江啟賢嗎？

賈國明此時甚至不敢再望向江啟賢，但他還是控制不了自己，用眼尾掃了過去。江啟賢似乎在同一時間，也把他認了出來了。出於本能，突然把目光移開。然後，匆忙地拉着孩子，離開了現場。

8月20日，星期日
早上10：30
天晴

太陽已升到半空。陽光曬在公園遊樂場上，一片很悅目的金黃色，要是平時，看到了燦爛陽光，心情會立即豁然開朗。

賈國明不是個樂觀的人，一有了煩惱、愁苦、挫敗，很容易就鬱結在心裏，很難排遣得出去。何況剛才發生的事，對他是極大的情感衝擊，此刻的心情，用「非常低落」已不足以形容了。賈國明很懊悔，應該先來公園遊樂場才是。這樣猛烈的陽光，已不適宜久留。

只是孩子不受影響，不怕陽光。健仔興高采烈奔向陽光下的遊樂場。也許陽光愈燦爛，就愈好玩。

做個孩子，還有個好處：因為還純真，所以不受人情世故的支配。

從甚麼時候起，人才受到人情世故的支配呢？

賈國明想起了剛才發生的事，不禁不寒而慄。

要是剛才商場內不是恰巧發生了那場在別的男人之間的打架，衝突會不會在他們之間發生？

極有可能。

因為他和江啟賢的不愉快情緒也已到達爆煲狀態。像他這樣溫和的人，也感到憤怒在升溫。

只要賈國明一時沉不住氣，那怕他只用一個小指頭碰了碰江啟賢的孩子，江啟賢一定立即會跳進場內，揮了他一拳。一個愛子心切的父親，打起人來更加理直氣壯，因而也不講求理智。

以賈國明的身手，哪裏是打架的料子！發生了如此場面會怎樣呢？不堪設想。

賈國明想着，要是他在早晨堅持健仔先到遊樂場玩，就不會發生這樣的事。

就在此時，那麼恰巧，賈國明轉過頭去，看到在公園遊樂場的遠處，江啟賢拉着孩子，正在作一個急轉身。賈國明立即明白，江啟賢在遠處發現他已在遊樂場，慌忙要避開。

這真是叫人沮喪的事。兩個男子相遇的場合，先後次序隨意調動了一下，一切就都變得面目全非。

這麼一個調動，結果是兩個男人都肆無忌憚地把最醜陋的面目露給對方看。

醜陋得連以後互相打個招呼，補救補救一下過失所需要的勇氣，都失去了。

以後都會這樣了。他們要是再有相遇的機會，都會想起自己曾經有過的極醜陋的嘴臉，一見到對方，都會遠遠避開。

孩子是不懂這些的，他們只記得碰碰車好玩，會繼續纏着自己去玩。真的有機會再見到。總不會那麼不幸，同一時間去。

是誰有能力把他們相遇的場合的先後次序，調動了一下，造成了措手不及的局面呢？

是他們自己嗎？

也許是上天，只不過隨意考驗了你一下，你就甚麼都不是了，就把醜陋的本性都暴露無遺了。

烏龜、兔子、大麻鷹、飛機賽跑

有關快與慢的問題，總是一種難解的心結。

1、

烏龜跟兔子經歷了那場過程跌宕的比賽後，烏龜雖然勝出，但依然保持牠謙卑的性格，絕不驕傲。而兔子雖然惜敗，心裏非但毫無介蒂，還認識了牠個性的缺點，彼此的關係接近了，逐漸建立了很珍貴的友誼。這種友誼是雙方努力的成果。兔子逐漸認識到烏龜性格的種種好處：謙和、合群、耐性，對烏龜不屈不撓的精神尤其深感佩服，這些優點都是牠可以借鏡的。烏龜呢？對兔子能夠從錯誤中學習也深感難能可貴，要知道，兔子可是驕縱慣了呀！

這一天，牠們相邀再來一次賽跑。不過，這已是名副其實的友誼賽。風和日麗的秋日，比賽地點選在郊野，要翻越好多個山頭。貪的是沿途秀麗的風景，牠們都興奮不已。

賽跑一開始，兔子就一馬當先，一溜煙已不見了蹤影。烏龜則一如既往，懷着輕鬆的心情上路。烏龜當然不會懷着僥倖之心，期望上次奇跡的重現。牠只是抱持着固有的信念，路途再長，也都要一步一個腳印地走去，盡着自己的努力就是了。

2、

兔子奔跑了好一陣子，不知不覺之間已到了山頂，碧波萬里的浩瀚大海展現眼前，讓牠激動莫名。向前望去，是一段羊腸小徑，蜿蜒着直到另一座更高山峰的山腳。

秋陽照得兔子渾身很舒服，牠想，想不到市區如此繁囂，到了郊外，卻又是另外一番明媚的風光了。

突然，兔子感到有點甚麼不對勁。

一身雪白的毛，素來是牠引以為傲的，尤其在陽光下，總是閃閃發亮，可不是別人輕易擁有的。這時，卻像被陰影嚴嚴實實地籠罩着，感到很不舒服，就像在暖和的天氣下，多穿了一件外套。不過，雖然心裏感到納悶，依然繼續步履輕鬆向前跑去。

但更怪異的事，叫牠不能不理。籠罩在身上的陰影好像會跳躍似的，一忽兒從身上跳出去，一會兒又跳了回來，就是不離開。被籠罩着時，就像香口膠，緊緊地黏貼着，怎麼都脫不掉。

到底是怎麼回事呢？牠朝自己身上摸了摸，可是，除了身上柔軟的毛外，並沒有多了些甚麼出來呀。

就在這時，頭頂傳來「哇哇」的叫聲，抬頭一望，在蔚藍色天空，距離頭頂很近的地方，有頭大麻鷹在翱翔，兔子一下子就看到了大麻鷹嘲弄的惡意的眼神。這時，大麻鷹以美妙的姿態在空中劃了個圓圈，拍着翼，躍武揚威地飛遠了。

3、

大麻鷹像滑雪高手，賣弄身手地在空中滑了一圈，又飛回兔子的頭頂，牠投下的陰影，不偏不倚地落到了兔子的身上。

兔子一下子明白了。

太可惡了！

兔子的性情原本就很好勝，怎受得了這樣的戲弄？牠狠狠地向大麻鷹瞟了一眼，猛地拔腿狂奔。休想在我頭上逞強。牠一蹦一跳的姿態非常美妙，整個身體如一條直線，像一枚疾飛的子彈！可是，當牠身體着地，陰影又無聲無息罩到身上來了。

兔子這下完全明白了，大麻鷹在顯示實力，以證明自己完全有能力把兔子的速度掌控在自己手裏。不論你跑到哪裏，怎麼跑，都擺脫不開我的影子，就如孫悟空擺脫不了如來佛掌。

這也未免欺人太甚了。

要挑戰，就下戰書，不必這樣偷偷摸摸。

兔子決心一拼。

只要不再分心，一心一意向前衝刺，在速度上一定可以超越這頭不知天高地厚的大麻鷹。

兔子真的發狠了，越過了一個山頭，又越過了一個山頭。跟烏龜相約的終點已過，然而牠繼續向前狂奔。

心裏只有一個念頭：勝利。把大麻鷹教訓教訓。

那個最高的山峰就在眼前。兔子暗想，大麻鷹，就讓它作為我們決賽的終點吧，誰先到峰頂，誰就是勝利者，我們就在峰頂決個高下。

向峰頂衝刺原是兔子的看家本領，峰頂已經在望，也不過是十來米，感到後勁依然游刃有餘，只要再一蹦，就可以飛上去了。

就在這關鍵時刻，耳畔傳來拍動翅膀的聲音，很有規律，聽得出很輕鬆，大麻鷹就在自己的頭頂，很近很近。

兔子很清楚地感覺到，就在自己飛上去的瞬間，陰影已在一點一點地侵蝕着自己的身體。然後，當整個身體被陰影籠罩着的時候，大麻鷹突然鳴叫了一聲，而陰影，就像一件突然被脫了的衣服，脫離了自己的身體。

而牠的身體，在大概一、二秒後，就落在山頂上。

兔子永遠也無法想像，自己就是以這麼一種方式，徹底地輸了。

輸得真是毫無顏面。趴在地上，不僅筋疲力盡，而且整個精神徹底崩潰了。牠只看到大麻鷹以很瀟脫的飛姿，向遠方飛去。

4、

拼盡了全力而敗下陣來，原來是可以這樣叫人難受，叫人沮喪。

跟上次輸了給烏龜，感受完全不同。

上次即使輸了，依然自信十足，知道自己的能力遠在烏龜之上。要是再比賽，牠依然可以得勝。

可是這一回……

牠明明白白知道誰是優勝者。

兔子一下子明白了，原來烏龜即便是在比賽之前，也已經完全明白自己的能力永遠也及不上對方。但牠不懼強手，欣然應戰。

這樣的感覺，兔子在這之前是絕不會感受到的。

兔子垂頭喪氣，步履艱難地回到與烏龜相約的地點。

烏龜早已等在那裏。

烏龜親切地迎了上去，擁抱着兔子。烏龜的外殼雖然很堅硬，但兔子卻感到無比溫暖。烏龜在牠耳畔柔柔地說：「誰都會遇上不如意的事，要不是這樣，也就不會成長了。」

烏龜已經遠遠地看到了剛才比賽的一幕。

牠知道，兔子又遇上了挫折了。

作為好朋友，牠感到牠這時特別有責任去開解兔子。

牠早把開解的話想好了。

海風輕輕吹來。

兔子依然悶悶不樂。

烏龜問兔子：「你想聽聽我的歷險記嗎？」
「歷險？」
「在別人，也許不算歷險，只是以我的程度，也算歷險了。」

5、

有一回，我進入一座大森林，面積太大了，我只敢在邊緣行行走走。後來，我跟一根小草攀談了起來。我說：「你在這麼大的一座森林裏，都只呆在一個小小的角落裏，不覺得悶嗎？而且，跟參天大樹相處在一起，不會覺得自卑嗎？」
「不，我有我的世界。其實，誰都有自己的世界，雖然自己的弱勢很明顯，卻也有自己的優勢。譬如，我可以跟螞蟻親密接觸，而大樹是永遠也做不到的。」
「而且，要不是這樣，我怎有機會跟你認識交談呢？」

6、

兔子是何等聰穎，很快就明白了烏龜的暗示，任何動物的能力，即使是人，都有天生的局限，完全沒有必要為此自卑。

兔子從低沉的情緒慢慢恢復過來，牠感到，跟烏龜在一起真的很快樂，為甚麼呢？一定是因為烏龜的胸襟廣，視野寬，不會只看到自己的小天地。這是自己的不足呀！牠明白了，能力固然重要，可是視野也是很重要，這樣才能活得有智慧。烏龜雖然只是在地上爬，不可能跳得比自己高，可是牠的視野真的比自己寬廣得多呀！這就很了不起了。

這時，龜和兔不約而同發現，遠方一個黑點在慢慢變大，原來是大麻鷹。不一會兒已經飛到牠們頭頂，牠以美妙的姿勢在上空打了幾個轉，又回到頭頂，叫了幾聲。

「牠這是在自鳴得意哩。」烏龜笑着說。

看見大麻鷹又飛了回來，兔子又不免悶悶不樂起來。烏龜安慰牠說：「不要理會牠，牠如果繼續這麼傲慢，總有一天會知道自己的幼稚。憑誰有多強大，總會有遭到挫折的時候。」

正當牠們在閒談的時候，一架飛機，拖着長長的尾巴飛了過來，就像在長空劃了一道白色的「彩虹」，烏龜和兔子都好奇地看着這個奇景。

突然，牠們聽到大麻鷹尖銳地大叫一聲，拍着翼向飛機衝了過去。

烏龜拍着手笑了起來。

「大麻鷹這回要跟飛機賽跑啦。」

「真的嗎？」兔子問。

果然，大麻鷹正拚命地向飛機衝了過去。

「大麻鷹真的會追上飛機嗎？」兔子擔心地問。

烏龜問：「你真的擔心大麻鷹會追上飛機？」

「如果牠飛得太近，會被飛機的引擎吸了進去，不但牠有生命危險，也很有可能造成飛機失事。」

烏龜聽了兔子這樣說，笑了起來，原來兔子的心地這樣善良。牠說：「不用擔心，牠是會飛回來的，那時，我們跟牠做好朋友好嗎？到時候，你可要為牠做心理輔導了。」

兔子聽了，明白烏龜的弦外之音，兔子終於開心地笑了起來了。兔子的心鎖完全解開了。

這時，陽光正溫柔地照着牠們，牠們要好好享受一番眼前無比美麗的風光。

作者簡介

許榮輝

曾在香港新聞界長期擔任新聞翻譯工作，作品入選劉以鬯先生主編的《香港短篇小說百年精華》。著作有小說集《我的世紀》、《石龜島傳說》。其中《我的世紀》獲第十五屆香港中文文學雙年獎小說組首獎。

本創文學 67

對照 細說

作　　者：許榮輝
責任編輯：黎漢傑　司徒卓賢
內文校對：阮曉瀅　李欣玲
封面設計：Sing Wong
內文排版：多　馬
法律顧問：陳煦堂 律師

出　　版：初文出版社有限公司
電郵：manuscriptpublish@gmail.com

印　　刷：陽光印刷製本廠

發　　行：香港聯合書刊物流有限公司
香港新界荃灣德士古道 220-248 號
荃灣工業中心 16 樓
電話 (852) 2150-2100　傳真 (852) 2407-3062

臺灣總經銷：貿騰發賣股份有限公司
電話：886-2-82275988　傳真：886-2-82275989
網址：www.namode.com

新加坡總經銷：新文潮出版社私人有限公司
地址：71 Geylang Lorong 23, WPS618 (Level 6), Singapore 388386
電話：(+65) 8896 1946　電郵：contact@trendlitstore.com

版　　次：2022 年 11 月初版
國際書號：978-988-76544-2-1
定　　價：港幣 108 元　新臺幣 330 元

Published and printed in Hong Kong

香港印刷及出版

香港藝術發展局
Hong Kong Arts Development Council 資助
香港藝術發展局全力支持藝術表達自由，
本計劃內容並不反映本局意見。